En souvenir du salon
du livre de l'Outaouais

SCÈNES D'ENFANTS

Normand Chaurette

DU MÊME AUTEUR

Chez le même éditeur

RÊVE D'UNE NUIT D'HÔPITAL, théâtre, 1980.

PROVINCETOWN PLAYHOUSE, JUILLET 1919, J'AVAIS 19 ANS, théâtre, 1981.

FÊTES D'AUTOMNE, théâtre, 1982.

LA SOCIÉTÉ DE MÉTIS, théâtre, 1983.

FRAGMENTS D'UNE LETTRE D'ADIEU LUS PAR DES GÉOLOGUES, théâtre, 1986.

NORMAND CHAURETTE

SCÈNES D'ENFANTS

Récit

L E M É A C

Maquette : Claude Lafrance

ISBN : 2-7609-3119-6

Dépot légal — Bibliothèque nationale du Québec
4e trimestre 1988

Imprimé au Canada

Les *Scènes d'enfants* ne sont pas des pièces anecdotiques tirées de la vie quotidienne des enfants, et c'est pourquoi il équivaut aussi à un abus de les faire jouer par des enfants au premier stade de leur leçon de piano. Ce sont des souvenirs d'adultes qui se sont faits musique et, semblablement, des témoignages du rêve échappant à la réalité. C'est également ce que pensait Schumann qui rêvait de la jeunesse comme du paradis perdu.

Dieter Rexroth

La musique de Robert Schumann est douce, enveloppante et parfois si passionnée que, même à ses heures les plus inoffensives, il s'en dégage une impression de tempête qui alerte les fous. Ce doit être la raison pour laquelle j'ai aimé Vanessa. Sa vie était un énorme malentendu se traduisant par de longs entretiens avec le piano, où tout semblait se résoudre en apparence, mais où l'on sentait, plus que jamais, une brisure. Je n'aurais su dire s'il s'agissait d'un trait particulier à la musique de Schumann ou si cette fébrilité venait de l'interprétation de Vanessa. Par le mélange des deux, probablement, celle-ci semblait évoquer d'anciens secrets avec plus de précision que ne l'auraient fait les mots. La musique étant ce qu'elle est, j'eus plus d'une fois l'impression qu'un récit m'était conté.

Je le savais depuis le début : un univers effrayant l'habitait. Je l'avais épousée en sachant que j'allais devoir partager mes jours avec un cauchemar perpétuel qui ne m'appartenait pas. Pendant les six années de notre mariage, je n'eus jamais le moindre espoir d'en entendre parler ouvertement. C'était un objet vivant qui emplissait la maison, sinueux dans la tranquillité. Je l'entrevoyais dans toute sa morbidité en entendant les premières mesures des *Scènes d'enfants*, auxquelles elle s'était remise en dernier, et où je sentis plus d'une fois qu'elle allait succomber à l'emprise de cette peur qui la dominait.

De fait, elle en mourut. De peur ou de folie, dans son cas cela revenait au même. Morte avec un secret caché en elle, comme une capture qui n'avait jamais cessé de la capturer. En six ans, je ne réussis qu'à connaître des bribes de son histoire. Aussi, en la voyant morte, je compris à quel point son silence allait harceler le reste de ma vie. L'important pour Vanessa avait été de quitter le monde sans avoir rien dit, et pour moi d'agir comme si elle m'avait tout dit. Entre les deux, plus que le doute, s'était ancrée une ambition folle, liée à sa mort, et placée en travers de mon existence : ravoir notre fille.

Un procès ayant eu lieu peu de temps après sa naissance, mes beaux-parents en avaient la garde à King and Queen, dans l'État de la Virginie. Déjà, au cours de ce procès, je m'étais aperçu que cette famille vivait dans la phobie du scandale et parlait à mots couverts de tout ce qui la concernait. Les détails les plus insignifiants risquaient apparemment de compromettre la carrière du beau-père, pourtant bâtie sur du roc. D'ailleurs, sa notoriété joua en sa faveur. Ma fille Cynthia fut remise à ses grands-parents, comme on rend un objet volé. Si Vanessa avait assez bien réussi à dissimuler ses troubles au début de notre mariage et à la naissance de notre enfant, on peut dire que ce procès acheva de la rendre folle. Elle fut enfermée dans un asile et quand elle en ressortit, je n'entendis plus jamais, outre ses interprétations de Schumann, que des phrases hors contexte, des paroles de dérangée qui, mises aujourd'hui bout à bout, ne me révèlent qu'une fraction de l'abîme.

Cynthia ne connut jamais sa mère. Elle eut en revanche une grand-mère rationnelle et nerveuse à l'extrême. Cette grande femme, bien que rigoureuse sur différents aspects de la vie quotidienne, n'avait jamais d'heure pour les biberons. Elle couchait l'enfant quand bon lui semblait et, s'il devenait urgent de s'en débarrasser, elle lui faisait avaler de ses propres somnifères.

Je m'étais servi de cet argument entre autres pour me défendre au procès. Mais eux parlèrent de mon irresponsabilité avec une conviction telle qu'ils auraient changé l'opinion du jury le plus favorable à ma cause. Tout avait joué contre moi, à commencer par mon métier de dramaturge. On alla jusqu'à déterrer dans mon passé quelques liaisons avec des actrices connues. Il n'en avait pas fallu davantage pour que le milieu du théâtre m'accole une réputation de séducteur, ce dont j'étais fier, mais qui devint celle d'un débauché au moment du procès. Celui-ci avait lieu pourtant à une époque où quelques-unes de mes pièces étaient jouées à New York et à Boston. L'avocat des Wilson connaissait ces pièces. Mieux : il les appréciait, et je me rappelle avoir été naïf au point de penser que grâce à mon nom j'allais obtenir la garde de Cynthia.

J'eus droit à une visite par mois. Je choisis le dimanche, jour où les Wilson cultivaient leur jardin. Mes rencontres avec Cynthia avaient lieu à l'étage, généralement dans la salle de musique dont l'unique fenêtre donnait sur la cour à moitié cachée par des arbres. Un bassin de pierre auquel Vanessa avait souvent fait allusion dans ses délires occupait le centre du jardin. Je savais que toute l'histoire tournait autour de ce bassin. Rien n'irritait plus la mère qu'on en parle. Elle devenait bizarre dans sa façon d'orienter la conversation et, pour neutre qu'aurait dû paraître cette étendue d'eau, Léontyne n'en finissait plus de se trahir par d'ostensibles malaises. Grigor, le mari, avait lui aussi de curieuses façons d'éviter le sujet. Il feignait de ne pas entendre. Mais dix minutes plus tard, il déclarait dans un coq-à-l'âne vouloir le démolir et le remplacer par de la verdure. Il avait sinon un vague projet de fontaine en tête.

Pourquoi ne l'avoir encore jamais fait ? Ce ne pouvait être par manque d'argent : Grigor en possédait suffisamment pour devenir président des États-Unis. En réalité, le bassin convenait à la perfection dans ce jardin même s'il fût, comme on l'eût dit d'un tombeau, gravé dans une mémoire inquiète. Cependant, si les Wilson avaient voulu conjurer leur passé, ils auraient dû se défaire non seulement de leur bassin, mais du jardin en entier, de leur piano et de quelques pièces de leur maison.

— Drôle que vous parliez tant de ce bassin, me dit un jour Léontyne.

— Drôle que vous n'en parliez jamais, répondis-je.

Elle prit un air cynique :

— Ce doit être qu'il vous obsède plus que moi.

Il m'obsédait d'autant plus que Léontyne prenait un plaisir exagéré à éventer son trouble. Sûre d'elle au point de nous dévoiler un visage contraire à sa force, elle se serait définie comme un fauve inquiet de sa puissance. Son irritation chaque fois qu'il était question du bassin révélait noir sur blanc qu'elle seule détenait la clé de l'insondable. Je reconnaissais Vanessa en elle, en comparant les traits anxieux de l'une à la beauté sourde de l'autre. Une beauté d'oiseau tragique que Léontyne promenait à l'année longue de sa chambre au jardin, dans un affolement contenu, un affolement de reine, mais qui la faisait constamment remettre en doute sa stabilité. Cette femme mesurait six pieds et ses tourments étaient plus grands qu'elle.

Je parlais peu avec mon beau-père. Il adorait Cynthia mais ne manifestait aucune espèce d'intérêt pour sa propre fille. J'étais pourtant le seul, du vivant de Vanessa, à pouvoir informer la famille de son état mental, mais Grigor ne voulait rien entendre. Il se tenait loin de la folie de Vanessa au point de n'en avoir peut-être jamais souffert. Il ne fallait pas non plus parler de

Peter, leur fils mort à l'étranger, ni de Miss Baldwin, le professeur de piano, morte dans un accident d'auto. Bref, on hésitait avant d'ouvrir la bouche dans cette maison où tous les sujets étaient tabous. Ce «on» incluait Léontyne et Grigor eux-mêmes : le mari et la femme s'épiaient au moyen d'intercoms quand il y avait des apartés avec un tiers.

Mes conversations avec Cynthia étaient ainsi filtrées. Nous nous en rendions compte en voyant une petite lumière rouge s'allumer en même temps qu'un crépitement d'ondes sortait subrepticement du mur. Certains jours je m'en offusquais sur-le-champ. Le voyant s'éteignait aussitôt, ce qui rendait leur bêtise évidente. Je sentais passer l'ombre de Léontyne devant la porte. Je percevais le froissement de sa robe qui s'estompait dans l'escalier, puis je la voyais par la fenêtre se glisser au jardin, droite, dans un port de fantôme, irréelle et pensive.

Cynthia vivait dans cet univers de silence et de froideur. Pourtant, cette enfant représentait l'inverse de ce vers quoi l'austérité des Wilson pouvait la conduire. J'appréhendais qu'elle vieillisse prématurément, qu'elle se fasse à six ans des opinions trop sérieuses sur la vie, qu'elle apprenne à juger les autres et à se juger elle-même de façon précoce. Déjà elle avait tendance à nous sortir des phrases d'adulte. Je la trouvais trop polie pour son âge, et trop soigneuse : elle se lavait les mains à tout instant, et si après avoir joué au jardin un peu de terre avait touché sa robe, elle demandait à Léontyne la permission de se changer.

Ainsi avais-je en tête l'idée de la reprendre un jour. Mais plus qu'une idée, c'était un rêve, et quelque peur inexplicable me faisait toujours remettre au lendemain le projet de le réaliser. J'attendais sans doute qu'il se produise un déclic. Une maladresse, ou une confession soudaine de Léontyne, ne m'aurait-elle pas permis d'incriminer mes beaux-parents pour une affaire si profondément enfouie que personne au monde, Vanessa n'étant plus, ne saurait déterrer ? Mais je comptais sur l'impossible ! Je crois — ou plutôt j'en ai la certitude — que je conçus le projet de me battre, quitte à le payer cher, ce jour où je surpris dans les yeux de Cynthia l'expression détournée et froidement calculatrice qui caractérisait le regard de Léontyne.

Ce fameux secret que seuls des morts auraient pu révéler, je le connaissais assez bien pour me l'être inventé. Mais eux devaient me raconter leur histoire. À vrai dire, ma reconstitution du passé ne pouvait pas réellement différer d'une réalité vécue une vingtaine d'années auparavant : dans sa folie, Vanessa m'avait tout juste fourni le nombre d'éléments nécessaires à l'organisation d'un récit, et un seul. Il m'apparut si monstrueux au départ que je cherchai à en échafauder un autre, même s'il devait être cousu d'invraisemblances. Mais je devais toujours laisser un élément pour compte, sauf dans la version initiale qui, à supposer qu'on la mette en lumière, allait non seulement me redonner

Cynthia, mais écarter à jamais de notre chemin ces étranges ennemis qu'étaient les Wilson.

Le tout consistait à savoir par où commencer. Je pris donc rendez-vous avec Betty Kossmut qui jouait souvent dans mes pièces. De mondaine et exubérante qu'elle avait été au début, notre relation s'était transformée au fil des ans en une complicité provenant du respect et de la fascination que nous entretenions l'un pour l'autre. Nous n'avions jamais cessé de nous vouvoyer, ce qui rendait nos entretiens parfois caustiques, et nous nous recevions sur rendez-vous comme des gens de marque plutôt que des intimes qui bien souvent se disent une seule chose d'importance pour dix futilités. Ce décorum n'empêchait pas nos petits conflits de personnalité, mais le jugement de Betty Kossmut m'était aussi précieux que son affection.

— Je devine au son de votre voix que vous avez des idées pour une nouvelle pièce, m'avait-elle dit au téléphone.

J'avais effectivement décidé d'écrire une pièce. Sur quel autre terrain pouvais-je me sentir roi et maître ? Puisque la plupart des gens ont la conviction que rien n'est vrai au théâtre, j'y voyais le prétexte rêvé de mener une enquête à l'insu des personnes visées. Cependant, ma pièce allait être représentée dans des conditions particulières, si particulières en fait que Betty Kossmut n'allait pas se montrer d'accord à priori. Elle y verrait une sérieuse entorse à la tradition. Or cette femme, malgré son immense talent, n'était pas d'avant-garde. Je commençai donc par lui parler de l'atmosphère, des personnages, du décor et, bien sûr, des costumes.

— Il s'agit de gens d'un certain âge, plutôt bourgeois, pas très sympathiques, qui évoluent dans un univers paisible à première vue, mais où l'on sent la discorde possible. Une toile de fond romantique. Pensez musique. Pensez à ces descriptions qui conviennent aux atmosphères excessives.

— La poésie des orages ! fit-elle en fermant les yeux.

— Oui, ces orages qui contiennent d'anciens secrets et qui menacent d'éclater alors qu'ils pourraient somnoler indéfiniment. Ces secrets sont maintenus de force dans une léthargie qu'une simple mesure des *Scènes d'enfants* de Schumann, pourtant, risque de rompre.

J'en avais mis dix fois plus qu'il n'en fallait pour l'inspirer.

— La musique de Schumann, dit-elle. Voilà qui m'intéresse...

— Je l'ai choisie parce qu'elle est d'une simplicité alarmante. En tout cas, elle le deviendra. Je veux que la candeur qu'elle évoque soit liée à l'effroi.

— Je ne reconnais pas là que votre style, dit-elle. J'ai le sentiment que vous abordez un sujet d'importance. Cette musique de Schumann, si je ne me trompe, c'est bien celle qu'interprétait votre femme ?

Elle savait l'essentiel à propos de Vanessa, mais par délicatesse elle n'abordait jamais le sujet. Sa remarque me fit lui exposer plus concrètement les faits. Je commençai par ceux dont j'étais certain, qui pouvaient se vérifier au présent, puis ceux dont il était permis de douter, puisqu'ils remontaient trop loin dans le passé. Je fis attention de ne pas tout lui dire à la fois; je craignais qu'elle découvre d'emblée le lien entre ma pièce et son but, pour lequel elle se serait sentie utilisée. J'avoue qu'à mes propres yeux la transition entre la fiction et la réalité de mon récit ne s'opérait pas de façon évidente. Betty Kossmut s'en aperçut.

— Pourquoi ne pas écrire votre pièce comme vous venez de me la raconter, mais en la commençant par les événements d'il y a vingt ans et en la terminant par ce que ces gens sont devenus aujourd'hui ?

— J'aurais l'impression de bâtir un édifice sur du sable.

— Alors faites l'inverse, et vérifiez vos théories.

— Il y a un malaise là aussi. Ce laps de vingt ans est gênant pour les acteurs.

Cette réticence parut l'amuser :

— De nos jours, on fait des miracles sur les plateaux. Ce n'est pas moi qui vais vous l'apprendre. On utilise des trucages ! Et puis c'est à nous, les acteurs, de nous débrouiller avec la technique ! Ah, les auteurs ! Vous concevez l'impossible, et vous passez votre temps à dire que rien n'est faisable !

— J'ai peur, cette fois-ci, d'être dans l'erreur et de ne pouvoir changer le scénario une fois la représentation commencée.

— Mon Dieu ! fit-elle en riant. Voilà bien une chose qu'il ne faut pas faire à des acteurs ! Mais d'une façon ou d'une autre, votre scénario ne pourra être modifié.

Elle ajouta avec gravité :

— C'est un peu effrayant à dire, mais je crains fort que votre récit soit vrai d'un bout à l'autre.

J'essayai de dissimuler ma surprise :

— Vous avez compris, n'est-ce pas, que cette histoire repose sur des faits réels ?

— Mark ! dit-elle en allongeant indûment mon nom. Pour qui me prenez-vous ? Depuis une demi-heure, vous me parlez de votre femme et de vos beaux-parents ! Indéniablement, ces gens sont capables de tout ! Ah, j'imagine déjà leurs têtes lorsque le rideau va tomber. Car vous comptez bien les inviter à la première ?

— Ou à la dernière, pour éviter qu'ils fassent interdire les représentations.

— Ils n'auraient pas le courage d'attirer ainsi l'attention ! Mais parlons sérieusement. Quel est le titre de la pièce ?

— *Scènes d'enfants*, dis-je.

— Je sais. Mais quel est votre titre à vous ?

— *Scènes d'enfants*. Les parents, dans ce récit, sont tourmentés au point d'ignorer leurs enfants. Mais ceux-ci sont constamment présents. Toute la pièce se déroule sous les yeux d'une enfant, cachée dans la salle de musique.

— Vous parlez de Cynthia ?

— Oui.

— Ça, par contre, c'est impossible, objecta Betty Kossmut. Vous dites que le jour où se situe l'action, Cynthia est en visite chez des voisins.

— Comme c'est le cas chaque fois que le gendre s'amène à l'improviste. Du moins voilà ce que dit le grand-père. Mais une dizaine de répliques plus loin, la grand-mère, elle, dit que Cynthia se trouve au lit parce qu'elle souffre de fièvre. Ou l'inverse. Ces gens sont ainsi. Ils passent leur vie à se contredire.

Betty Kossmut écoutait, la tête inclinée. On aurait dit qu'elle voyait tout à la loupe.

— Si cette musique est si importante, pourquoi ne pas commencer par nous la faire entendre ?

— Parce que s'il est une musique au monde que les Wilson ne sont pas capables d'écouter, c'est justement celle-là.

— Je vous crois ! À leur place, je ne supporterais même pas la vue du piano.

Elle se dirigea vers un rayon de sa bibliothèque où elle rangeait ses cassettes de musique.

— Non, fit-elle. Je crois que je ne les ai pas.

Je m'en sentis soulagé. Je ne les avais pas réécoutées depuis la mort de Vanessa. J'eus quand même une idée du choc que Léontyne allait sans doute avoir si elle n'avait pas entendu les *Scènes d'enfants* depuis un certain jour de novembre 1964.

— Oui, reprit Betty Kossmut d'une voix lointaine, je sais de quoi il s'agit. Une mélodie apparemment très simple, mais qui doit éveiller des souvenirs atroces. Mon Dieu... commencez avec ces *Scènes d'enfants*. Entrez dans cet esprit-là des choses. Imaginez des jeux. Les enfants aiment jouer. Je vois des chevaux de bois, et tenez : un soldat. Oui, tandis que les enfants jouent, ils ne savent pas. Ils ne pressentent même pas...

— Ils sont peut-être plus doués qu'on pense ?

— Ils ne doivent pas pressentir le drame, dit Betty Kossmut, pas plus que ces adultes qui s'y préparent sans le savoir.

— Mais qui vont s'y impliquer, dis-je.

— Oui. Ils vont rejouer cette histoire de jadis. Oh, comment vous y prendrez-vous pour placer dans leurs têtes des idées aussi effrayantes ?

— C'est un peu la raison pour laquelle je suis venu vous voir, répondis-je.

Betty Kossmut me regarda droit dans les yeux :

— Non. Je refuse. L'auteur, c'est vous.

Une grande femme svelte retouchait sa coiffure, ce 25 août 1984, lorsqu'à sept heures pile on sonna au rez-de-chaussée...

J'écrivis une première version en avril. J'en eus peur et je la mis quelques jours de côté. Jamais morte n'avait dû être tant sollicitée dans l'au-delà par quelqu'un cherchant à retracer ses dires, épurer le sens de ses paroles et créer des liens entre ce qui existait et ce qui aurait pu exister. «Fiction que tout ça!» faisais-je dire à Léontyne. Une pareille mise en œuvre devait constamment la rappeler à la fiction. Autrement, n'allait-elle pas se raffermir dans une réalité qui ne demandait qu'à se taire? J'écrivais dans la peur. Peur que Vanessa m'apparaisse. Peur de ne jamais revoir Cynthia. Peur de tout perdre et de devenir fou moi-même.

Quelques jours après notre rencontre, je reçus un appel de Betty Kossmut:

— J'ai repensé à votre histoire, me dit-elle. Je ne voudrais pas que vous abandonniez ce projet.

— Au contraire. J'y travaille presque jour et nuit.

— Écoutez, je me suis permis une indiscrétion. Vous ne m'en voudrez pas j'espère. Je crois avoir trouvé la personne idéale pour jouer le rôle de Miss Baldwin.

— Mais j'ai déjà cette personne en tête.

Silence au bout du fil. Elle finit par dire:

— Ah? Et qui donc?

— Mais vous-même, chère Betty Kossmut!

Elle me parut extrêmement contrariée:

— Tiens! Vous ne m'aviez pas choisie pour jouer le rôle de Léontyne Wilson? J'exige le plus beau rôle.

Cela voulait dire pour elle le *premier* rôle. Et Léontyne n'allait pas le lui céder.

— Miss Baldwin est le plus beau rôle, dis-je.

— Quoi ? Et qui va le croire ? Un personnage mort il y a vingt ans, qui apparaît pour effrayer les coupables ! Ce truc est vieux comme le monde, cher ami.

Je gardai mon sang-froid car je sentis qu'elle allait bientôt s'emporter.

— Premièrement, dis-je, dans ma version des faits, Miss Baldwin est vivante. Indubitablement. Deuxièmement, *c'est* le rôle principal. Sans ce professeur de musique, il n'y aurait jamais eu de piano, et sans piano, il n'y aurait jamais eu de *Scènes d'enfants*. Et troisièmement, je sais déjà qui va jouer le rôle de Léontyne Wilson.

— Décidément vous savez tout ! Et qui va jouer ça mieux que moi ?

— Léontyne Wilson elle-même, je croyais que vous l'aviez déjà compris.

Je sentis une hargne profonde dans le combiné. Au bout d'un très long silence, Betty Kossmut murmura :

— Vous voulez rire ?

— Pas du tout. Je vous ai dit, et vous étiez d'accord avec moi, que ce récit est vrai d'un bout à l'autre.

— Ça ne marchera pas, répondit-elle. Cette femme est beaucoup trop intelligente pour se laisser prendre au piège.

— Pas si vous jouez le rôle de Miss Baldwin.

— Mon cher, n'y comptez pas ! D'abord, je n'ai étudié qu'un an le piano. C'est à peine si je sais jouer par oreille.

— Alors il n'y a pas d'autre rôle pour vous dans ma pièce. Vous êtes trop connue. On vous a vue à l'écran, à la télévision, sur toutes les scènes des États-Unis. Léontyne Wilson n'entrera jamais dans le piège, comme vous dites, si vous n'êtes pas cette vieille pimbêche défigurée et méconn...

— Vieille pimbêche, moi ? Trouvez-vous-en d'autres pour jouer les pimbêches !

Elle me raccrocha au nez.

Il s'écoula quelques jours avant que je ne la rappelle. Je les employai à trouver une autre actrice pour jouer le rôle de Miss Baldwin. Mais ce personnage indispensable commençait à m'échapper depuis que Betty Kossmut ne voulait plus le jouer. Il lui était fait sur mesure, conçu pour son genre d'intuition et pour sa grande intelligence. Il me fallait quelqu'un qui soit capable, comme elle, d'improviser au cas où l'un de ses partenaires ne dirait pas la bonne réplique au bon endroit. N'étais-je pas en train d'écrire une pièce dont deux des protagonistes devaient dire et faire, mot à mot, ce qu'un texte leur commandait, mais sans qu'il leur soit permis de voir ce texte, ni même d'en soupçonner l'existence ?

Je me tournai vers des noms et des visages moins connus. On dut apprendre que j'étais à la recherche d'une comédienne car je me mis à recevoir des appels. Parmi ceux-ci, une certaine Gila Rogalska. Je l'avais déjà vue dans une comédie musicale où elle tenait un petit rôle. Nous nous étions parlé après la représentation et j'avais plusieurs fois repensé à elle : une femme attentive et généreuse.

Je lui soumis la première version de mon texte en lui demandant d'examiner le rôle principal. Elle vint chez moi deux jours plus tard :

— Je me demande pourquoi vous m'avez choisie plutôt qu'une autre, monsieur Wilbraham, même si je suis extrêmement touchée par cet hommage.

— C'est moi qui vous remercie. J'espère que c'est oui ?

— Je ne sais pas. Le rôle est colossal, virtuose. En un mot, le personnage est effrayant. Il m'interroge et m'invite à l'inconnu. Mais sur le plan pratique, je me trouve un peu jeune pour jouer le rôle d'une femme de soixante ans.

— Oui, c'est à peu près l'âge de Miss Baldwin, mais vous me semblez excellente dans les compositions.

Gila Rogalska parut tomber des nues :

— Quoi ? Mais vous m'aviez parlé du rôle principal !

— Oui, celui de Miss Baldwin.

— Mais comme vous êtes drôles, vous, les auteurs ! Vous ne vous êtes pas rendu compte en écrivant cette pièce que le rôle principal était celui de Léontyne Wilson ? Ça, monsieur, c'est tout un rôle ! Et vous ne risquerez jamais de rencontrer sur la rue une femme aussi totale dans la démence ! Tandis que cette Miss Baldwin, on peut la voir tous les jours dans la vie.

— C'est pourquoi je vous dis, moi, que c'est le personnage principal. Vous sentez-vous capable de l'interpréter ?

— Je ne sais même pas où est le do sur un piano !

— Peu importe. Miss Baldwin n'aura pas à jouer une seule note sur scène.

— Pourtant, si cela devient nécessaire ? Vous allez donc enregistrer la musique ?

— D'après moi, Léontyne Wilson s'affolera dès l'instant où Miss Baldwin se dirigera vers le piano.

— Mais il faudra une actrice sensationnelle ! Et jamais je ne saurais posséder autant de charisme.

— Vous serez sensationnelle, dis-je.

Elle me promit de réfléchir.

Étais-je convaincu de son talent ? Je ne sais trop. D'autres la trouvaient médiocre. Apparemment, un texte lui entrait difficilement dans la tête. Ce pouvait être un avantage. Plus débrouillarde en situation imprévue, sans jamais perdre les grandes lignes de l'histoire.

Ma rencontre avec Gila Rogalska me fournit cependant une idée pour le début.

— Que diriez-vous d'une série de quiproquos, où les Wilson attendraient des gens à heure fixe, mais où d'autres à leur place se présenteraient ? demandai-je le lendemain à Betty Kossmut.

J'avais fait semblant d'oublier notre conversation de la semaine précédente. Sa réponse fut au-delà de mes attentes :

— Si ça vous amuse. Au fond, pourquoi pas ? Je vous le répète : ce récit manque de fantaisie. Mettez un soldat. Un vrai soldat, qui amuse les enfants. Vous n'y verrez que des avantages. Mais commencez tout de même votre pièce avec Miss Baldwin. Faites-moi confiance, vous allez voir. J'ai bien réfléchi. Je crois avoir ce petit rien qu'il faut pour vous faire une Misss Baldwin ex-tra-or-di-nai-re !

Une grande femme svelte retouchait sa coiffure, ce samedi 25 août 1984, lorsqu'à sept heures pile on sonna au rez-de-chaussée. C'était jour de congé pour la bonne. Léontyne descendit l'escalier pour ouvrir. Elle s'attendait à l'arrivée d'un soldat. Mais une minute plus tard elle parut au jardin, chancelante comme une femme ivre, pour murmurer en direction de son mari :

— Grigor... Tu ne devineras jamais qui nous arrive !

«Fiction que tout ça !»« Fiction que tout ça !» Je n'avais que cette réplique en tête. Dès l'instant où Léontyne se sentait cernée par une allusion de Miss Baldwin ou du soldat Knabe, elle s'écriait : «Fiction que tout ça !» Ce cri, elle avait dû le lancer au moins mille fois dans sa vie, à supposer que cette vie lui eût donné autant de fois l'occasion de mépriser quiconque se plaçait en travers de sa route. J'imaginais mal cette femme mettre au monde des enfants sans déclarer, en les considérant contraires à sa nature, qu'ils provenaient de la fiction et qu'ils y retourneraient. J'avais souvent entendu Vanessa citer cette expression de sa mère. Leurs vies tenaient à des mirages : fiction que tout ça.

Le père était entré en politique à l'âge de vingt ans. Il aimait séduire et avait vite découvert comment plaire aux foules plutôt qu'aux individus. Il s'était ennobli en défendant les Noirs à l'époque des émeutes, époque qu'il jugeait des plus significatives de sa carrière. Sa femme s'en moquait. Amoureuse au début, elle avait joui des honneurs attachés à son rang d'épouse de gouverneur, bien qu'elle s'amusât à dénigrer les affaires de l'État ainsi que ceux qui les administraient, pour démontrer à tout le monde que la politique n'était pas son lot. 1964 avait été une année charnière dans l'évolution de ses moqueries. Celles-ci devinrent des sarcasmes, qui se transformèrent résolument en mépris :

— Mon mari est un faible, disait-elle. Mais n'allez pas croire qu'il a tiré sa force de sa faiblesse. Cela lui aurait demandé un surplus d'intelligence. Il s'est fabriqué une force, comme on fabrique un outil à partir de l'outil. La crainte et la négation n'ont jamais altéré cette force. Il n'en reste pas moins qu'il sera toujours à mes yeux non pas le plus puissant des faibles, mais le plus faible des puissants.

Tous les quatre ans, il était soit élu, soit défait. Il ne reçut jamais deux mandats consécutifs. Sa vie oscillait entre le pouvoir et la retraite, montées et descentes qui depuis longtemps avaient cessé de lui procurer du vertige. Léontyne identifiait pour sa part ce phénomène de montagnes russes à un mouvement voulu par le sort : cela leur permettait de voyager.

À la maison, Grigor se contentait d'être un puissant à côté d'elle, la toute-puissante. Il participait volontiers à des joutes de contradictions pour lui donner l'illusion d'une emprise. Ils se surpassaient l'un l'autre mais nul ne pouvait les égaler. Le couple ne s'accordait que sur un point : ne jamais parler du passé. Celui-ci aurait précisé tous les malaises. Ils redoutaient le souvenir des choses discordantes de la veille, lesquelles auraient pu les entraîner sur les terrains glissants de l'avant-veille. Il suffisait d'une allusion, au piano par exemple, ou à ce fameux bassin, pour les précipiter dans un cauchemar où, là encore, ils se déclaraient maîtres. Ah, ces cauchemars qu'ils faisaient la nuit ! Je rêvais moi-même de pouvoir épier leur sommeil, entrecoupé de ces états comateux où la femme, plus que le mari, devait se dresser dans une léthargie guindée, s'allumer une cigarette, la fumer en fixant les murs, éteindre longuement son mégot, et se blottir à nouveau dans les draps, crispée et silencieuse, pour ne pas réveiller les morts.

Vanessa ne pouvait pas reposer en paix. La totalité de ce que je savais des Wilson me venait d'elle ou, plus exactement, avait passé à travers elle. Tant par ses paroles que son mutisme auquel je devais constamment me référer. Ainsi de ce frère dont elle ne parla jamais. Un adolescent mort à l'étranger, qui faisait partie des choses rangées hors de sa mémoire. Un peu comme si cette mémoire se fût désencombrée de ce qui aurait pu survivre dans un tiroir. La folie de Vanessa s'était ordonnée dans les espaces vides de son histoire. Une folie pleine de précautions, qui eût opposé aux événements tragiques de la vie une retombée silencieuse. Quelque part les parents avaient dû s'en charger en orientant le délire. D'où, peut-être, ces mystérieux parlementaires qui peuplèrent son enfance et qui furent, jusqu'à la fin, ses principaux fantômes.

En pénétrant la première fois chez les Wilson, je sentis qu'il y avait, pour reprendre l'expression de Léontyne, du démon dans l'air. C'était en juin. La vie de famille se résumait à de longs repas circonspects où tous mastiquaient et avalaient d'un air soucieux, le regard à gauche de l'assiette. Plus tard, dans la pénombre du soir, Léontyne menait une conversation à bâtons rompus. Une phrase sur deux s'énonçait pour noircir le mari. L'autre était pour se noircir elle-même, surtout en présence d'invités, afin que ces derniers la contredisent et mettent en valeur l'acuité de son esprit. Elle aurait pu étrangler Grigor d'une louange. Et quand elle lui envoyait une injure sentie, un blâme raisonnable, l'argument s'ajustait dans sa voix avec un naturel qui n'aurait jamais laissé croire à de la malveillance. Lui l'écoutait, flemmard, un peu veule. C'est tout juste s'il grognait, ce à quoi elle lui répondait par une nouvelle insipidité, mais avec tant de grâce qu'aux oreilles des creux la chose passait pour de la profondeur. Ces séances tendues avaient lieu au jardin. À deux pas de ce bassin, jugé malfaisant pour la sécurité des oiseaux :

— Les plus chétifs s'y noient, tandis que les autres, qui pourraient s'envoler à temps, se laissent capturer par des chats.

C'était la seule phrase que la mère ait jamais dite en vue d'expliquer son aversion pour le bassin. Quant à elle, Vanessa s'abstenait de tout commentaire. Cependant je lui avais fait observer qu'elle approuvait par un mouvement inconscient de la tête n'importe quelle sottise de Léontyne. Elle ne parut pas attacher d'importance à cette remarque, mais je vis, plus tard au cours du même été, qu'elle s'était corrigée de ce défaut. Léontyne dut aussi s'en apercevoir. Les politesses impeccables de juin se changèrent en marques de froideur et de suspicion vers le mois d'août, en sorte que dès l'automne, je me sentis traité avec autant d'égards qu'elle en avait pour les chats.

Je savais depuis le début que Vanessa était folle. Elle me l'avait confié. Sa maladie portait un nom et des médicaments lui étaient prescrits pour rendre ses comportements sages. Rien sinon ne me l'aurait laissé croire au début. Elle portait cette beauté qui convient aux lucides. Ses yeux luisaient d'une clarté matinale où l'on voyait ses pensées se solidifier en multipliant les preuves. Elle ressemblait à sa mère par ce côté mathématique du regard. L'une et l'autre ne croyaient qu'aux affaires fondées et se seraient volontiers acclimatées au bonheur à condition qu'on leur prouvât que la vie était belle.

Vanessa avait ce don non pas de m'apprendre, mais de me révéler des choses sur elle. Ce jour, par exemple, où je la vis se mettre au piano. Mais elle n'eut pas le temps de jouer deux mesures que sa mère, alertée, parut sous le chambranle de la porte :

— Ce piano est archifaux, lança-t-elle. On ne peut jouer aucune œuvre dessus sans la déformer.

Ce jour-là, Vanessa me parla pour la première fois de Miss Baldwin. Un amour discret mais total, qui avait tout enrobé. Cette complicité n'éveilla-t-elle jamais les soupçons de Léontyne face à cet autre monstre qui avait, sans le vouloir, usurpé de l'importance maternelle ? Miss Baldwin occupa pendant quatre ans un poste de professeur de musique à domicile. Mais il se peut que dans les faits elle ait été à la fois gardienne, gouvernante et probablement dame de compagnie de Léontyne. Ou plutôt dame d'écoute : la mère avait une propension à s'adresser à quiconque avait des oreilles, à commencer par les murs.

L'enfance de Vanessa avait donc épousé les couleurs de cette Miss Baldwin à la fois énergique et tendre, débordant d'une affection aussi dense que sa psychologie était sûre. Paraissant déjà vieille pour son âge, cette femme grassouillette et empruntée devait constamment sucer des bonbons pour ne pas se mordiller les lèvres durant les leçons. Rigoureuse en matière de théorie et de solfège — on devait souvent l'entendre pousser les hauts cris — elle s'avérait toutefois fort distraite dans les autres domaines. «Il n'était pas une leçon où elle ne devait revenir un quart d'heure plus tard pour chercher les clés de sa voiture», se rappelait Vanessa. Elle devait souvent conduire l'esprit ailleurs, jamais à l'abri du danger.

Il n'existait aucune photo de Miss Baldwin, mais j'aurais pu la reconnaître entre mille tant Vanessa m'en avait transmis une description précise. Toujours arrivée à bout de souffle, au terme d'une course qui ne lui avait rien donné, elle se plaignait fréquemment de douleurs aux pieds. Léontyne lui dit un jour :

— Cela prouve au moins que vous les avez sur terre.

Toujours selon Vanessa, Miss Baldwin était dans tous les secrets de la maison. On ignore si c'est par curiosité ou à cause d'une certaine confiance qu'elle inspirait. Je parierais quant à moi qu'elle écoutait aux portes, à défaut de pouvoir manipuler les intercoms qui ne furent posés que plus tard, quand le père eut fait son premier infarctus. Un fait importe : Miss Baldwin savait peut-être tout. Et je tergiversai longtemps à savoir si le personnage allait être amnésique ou non.

Vanessa ne parla jamais longuement de Miss Baldwin. Bien que vivaces, ses souvenirs ne correspondaient pas à l'ordre chronologique. Il ne me sera jamais possible de déterminer si ces détails appris sur ce professeur de piano équivalent à une courte période ou aux quatre années de son service chez les Wilson. Vanessa ne parla jamais non plus d'événements permettant de croire à une dernière fois. Ou si elle le fit, elle oublia d'établir le lien.

Miss Baldwin perdit la vie dans un accident d'auto en 1964. Curieusement, cet accident survint quelques jours après la mort du fils, Peter, en Angleterre. Aussi j'étais convaincu — et tout mon espoir de ravoir Cynthia reposait sur cette conviction — qu'au cours de cette même semaine de novembre 1964, Vanessa, alors âgée de huit ans, était devenue folle.

Elle s'attendait à l'arrivée d'un soldat. Mais une minute plus tard elle parut au jardin, chancelante comme une femme ivre, pour murmurer en direction de son mari :

— Grigor... Tu ne devineras jamais qui nous arrive !

— Mais comment veux-tu que je le sache ?

Il n'avait jamais vu sa femme dans un pareil état d'hébétude. Un peu stupéfait lui-même, il dévisagea l'inconnue d'une soixantaine d'années qui se tenait dans l'entrée du jardin, à gauche d'un bosquet. Léontyne articula d'un ton qui se voulait démesurément calme :

— Grigor, c'est Miss Baldwin. Te souviens-tu de Miss Baldwin ?

Oui, ma femme était folle. Je l'avais épousée en la sachant folle, de cette folie qui n'est pas douce, mais qui demeure à l'état d'un chuchotement, persistant, enveloppant, toujours au bord de devenir intempestif. Les médecins avaient cherché à localiser les réseaux atteints de son cerveau. Je disais pour ma part qu'elle était folle de peur. Peur de tout mais, d'abord, peur d'avoir un jour à révéler sa peur. Par sa mort elle me disait qu'elle en avait peut-être trop dit. Dès lors, il m'appartenait de risquer ma propre vie à tâcher de savoir. Je devais pour cela inventer le danger, afin de le vaincre.

Jour après jour, de nouveaux indices faisaient surface. Des phrases isolées — certaines qu'elle avait répétées toute sa vie, d'autres qu'elle n'avait prononcées qu'une seule fois. Mais toujours cette hantise des parlementaires. *Les parlementaires vont arriver d'une minute à l'autre.* Elle annonçait ainsi ses périodes. Elle revoyait ce fameux jour d'élections et retombait soit dans ses silences, soit dans ses cris. *Les parlementaires vont arriver d'une minute à l'autre.* C'était un appel pressant. Une panique. Qui s'emparait de son corps pour le laisser tranquille quelques instants plus tard, mais qui avait tôt fait d'emporter son âme. À la question : «Quels parlementaires ?» elle souriait, béate, et innocente au point de m'irriter. À défaut de pouvoir rattacher ses nombreux leitmotiv à des événements vécus, je tâchai d'échelonner ce que je savais sur les six années de notre mariage.

Comme c'est le cas pour presque tous les gens qui m'ont marqué, j'avais fait sa connaissance au théâtre. En fait, je n'ai gardé qu'un souvenir très vague de cette première rencontre. C'était un soir de répétition générale où je n'avais pas la tête à retenir des noms et des visages. Ce fut elle qui me rappela cette soirée deux mois plus tard, au cours d'une conférence à l'université qui traitait de la conservation de Venise. Je m'étais faufilé vers la sortie au milieu de l'exposé et elle m'avait rattrapé dans le couloir :

— Est-ce que vous vous souvenez de moi, monsieur Wilbraham ?

Je crus rêver. Et, de fait, je tâchai de me rappeler tous les rêves possibles en lui répondant :

— Oui, je crois bien... Quant à votre nom... excusez-moi !

Comment avais-je pu oublier ce visage et ces yeux ? Ils étaient gris, mais d'un gris très clair, vifs comme le feu à supposer que le centre du feu soit gris, perle, pigeon, fumée. Tout son être s'anima d'un grand rire sensuel :

— Je vous ai vu à la répétition générale de votre dernière pièce, grâce à une amie qui connaissait le régisseur. Je vous ai remarqué, vous étiez assis dans la seconde rangée. Je ne savais pas qui vous étiez, mais brusquement vous êtes monté sur scène et vous avez dit aux acteurs ce qu'ils devaient faire. Vous bondissiez et le décor vacillait.

Elle ajouta sans la moindre trace d'embarras :

— Je vous ai écrit le lendemain mais j'ai déchiré la lettre.

Nous passâmes la nuit dans les jardins de l'université. Il fut abondamment question de notre amour pour Venise. Nous parlâmes de géographie. Elle avait voyagé; je m'étais senti inférieur de ne pas avoir vu autant de pays qu'elle. Me parla-t-elle de l'Angleterre ? Peut-être pas. À l'aube, nous regardâmes pendant de longues minutes le soleil se lever derrière le pavillon des Sciences. Puis nous tombâmes endormis sur l'herbe tandis qu'au loin Venise s'enfonçait doucement dans l'Adriatique.

Nous avions des milliers de passions communes mais il fallait que nous nous soyons rencontrés pour nous en rendre compte. Je découvris avec elle le dressage des chevaux, l'équitation en montagne, les baignades tout habillé sous les cascades, les courses de lévriers et les paris astronomiques, les casinos et les bolides sur la Baie de Cheasapeake. Chacune de ces passions durait l'espace d'une journée ou deux, mais nous nous étions juré de demeurer passionnés jusqu'à la fin de notre vie. Entre les mois de juin et septembre 1978, notre histoire ressembla aux séquences d'un film de troisième ordre.

Je sentais Vanessa heureuse mais taciturne à ses heures. Ses états voisins de la mélancolie me la rendaient plus sensuelle encore. J'avais remarqué très tôt qu'elle passait des réflexions à brûle-pourpoint, à mi-chemin entre l'humour et le non-sens. Mais je la savais très intelligente et ce détail fantaisiste de son comportement m'incitait aussi à l'absurde. Ce jour où elle m'annonça qu'elle était folle de la même façon qu'elle se serait prétendue myope, je n'eus même pas le réflexe de rire et je lui rétorquai que moi j'étais Sherlock Holmes. La plaisanterie s'arrêta là, mais la vie allait nous démontrer qu'à plus ou moins brève échéance nous nous étions dit des choses vraies.

Au reste, elle n'eut pas à me convaincre davantage que la réalité dans son cas avait la forme d'une cage à laquelle il manquait des barreaux et d'où il lui arrivait de s'échapper comme un oiseau attiré par de grands espaces. Sans bouger, elle nous quittait. Léontyne le remarquait la première, mais elle continuait d'agir en sorte que cette absence paraisse non pas naturelle, mais courante, voire héréditaire :

— Elle dort les yeux ouverts. Le portrait tout craché des Wilson.

J'amorçais une caresse, mais elle me repoussait. L'impression d'énorme solitude qui se dégageait de son regard me plongeait moi-même dans un sentiment de détresse. J'en venais à me dire qu'il n'existait pas de plus grand courage que celui d'être fou.

Je la sortis de chez ses parents presque de force. Ces derniers eurent évidemment recours à des menaces. Mais contrairement aux conséquences désastreuses que cet arrachement risquait d'avoir sur sa santé mentale, Vanessa devint d'une rationalité qui freina l'emportement des Wilson. Cette fermeté de jugement dura un an, jusqu'à la naissance de Cynthia. Ce fut alors une période d'allusions à sa propre enfance, *lesquelles ne passaient pas toujours pour des raisonnements de folle.* Curieusement, sa folie atteignait des sommets alors que nul ne s'en serait rendu compte. Par exemple, lorsqu'elle se mettait au piano, il lui arrivait de lire, et même d'en tourner les pages, une partition différente de la musique que ses doigts jouaient. Par ailleurs, elle tombait dans l'incohérence avec tant d'aise que tous, sauf elle, auraient cru devenir fous. La seule fois où elle devint carrément démente, il fallut la placer dans un asile. Elle détesta tellement l'endroit qu'elle dut par la suite y songer à deux fois avant de faire des crises.

Elle passa le dernier mois de sa vie à faire semblant de prendre ses médicaments. En réalité elle les conservait pour les ingurgiter le dernier soir. Après l'enterrement, je découvris dans ses affaires une coupure de journal. Elle l'avait probablement prise à l'époque dans un tiroir où sa mère rangeait ses propres souvenirs :

SÉRIE NOIRE CHEZ LE GOUVERNEUR WILSON

Une femme a perdu la vie lorsque les freins de sa voiture ont fait défaut, hier en début de soirée, à deux pas de la maison du gouverneur Grigor Wilson. La victime, Miss Elenor Baldwin, sortait de la résidence de K&Q où elle donnait des cours de musique. Cette tragédie est la deuxième qui frappe les Wilson en une semaine, alors qu'on annonçait mercredi dernier le décès accidentel de leur fils Peter, à Eton, en Angleterre.

— Ce devaient être les astres, dit Betty Kossmut. Un mauvais aspect d'Uranus, on voit cela fréquemment.

— À ce point-là ?

— On a déjà vu pire, fit-elle avec légèreté.

Cette fois le rendez-vous avait été fixé chez moi. J'habitais au dernier étage d'un gigantesque immeuble de béton semblable à une dizaine d'autres répartis dans la banlieue de Portsmouth. J'appréciais l'endroit pour sa proximité des plages. Bien que ces immeubles aient été conçus pour être habités à l'année, la plupart des locataires les désertaient dès septembre pour regagner leurs résidences principales de Philadelphie ou de New York. Parmi eux, on comptait plusieurs producteurs et artistes liés au monde de la scène.

La porte-fenêtre de mon unique pièce donnait sur la petite ville de Portsmouth, laquelle surplombait la pointe sud de la Baie de Cheasapeake. De là, on pouvait assister comme au théâtre à des couchers de soleil que Betty Kossmut qualifiait d'apocalyptiques, en précisant qu'elle faisait référence au sens onirique du terme :

— Oh, Mark ! Venez ici et regardez ce ciel rouge une minute. Vous vous sentirez absolu.

Ce soir-là elle ajouta :

— Presque autant que notre Miss Baldwin ! Je vais vous dire une chose : elle n'est pas morte.

— C'est bien ce que j'ai toujours dit.

— Et je pense même qu'elle vient chez moi la nuit pour me harceler.

Là-dessus, elle contempla une dernière fois la boule de feu qu'engloutissait la Baie. Puis elle se dirigea vers le piano et se mit à jouer par oreille le début de *Pour Élise*. J'eus aussitôt l'impression d'une métamorphose dans les traits de son visage.

— Oui. Vous êtes parfaite, lui dis-je.

Elle eut un sourire aussi pénétré que si j'avais déposé à ses pieds mille gerbes de fleurs. Elle ferma les yeux et dit :

— Parlez-moi d'elle.

— Je vous ai dit tout ce que je sais.

— Non. Vous m'avez parlé de la vision que vous avez de Miss Baldwin. Dites-moi à présent des choses plus concrètes. Nous savons qu'elle n'était pas jolie. Mais encore ? Quel âge aurait-elle ? Je veux dire, quel âge a-t-elle ?

— Elle a eu cet accident en 1964. Elle avait trente-quatre ans. Elle en a donc cinquante-quatre aujourd'hui. Mais elle fait plus vieille que son âge. Il est impensable qu'elle paraisse plus jeune que Léontyne, qui vient d'avoir cinquante-sept ans.

— Pourquoi ?

— Parce que les rares fois qu'elle en a parlé, Léontyne faisait allusion à une chipie.

— Aucun homme dans sa vie ?

Je pensai avant de répondre.

— Non. Elle ne doit se définir que par rapport à la musique. Comprenez-le. C'était une artiste. Et non pas une chipie comme l'autre la voyait.

— Eh bien justement, pourquoi pas d'homme ?

— Une intuition, dis-je.

— Vous croyez, n'est-ce pas, qu'elle aimait plutôt les femmes ?

— Non plus.

Betty Kossmut eut un petit rire :

— Alors c'était un ange !

— Oui. Un ange, avec tous les défauts que l'idée comporte. Pour elle, il n'y a que la musique. Toute sa vie est orientée vers la musique. Mais attention : pas une carrière de soliste, ni même d'accompagnatrice. Uniquement la pédagogie. La musique liée à l'idée de dévouement.

— Oui, je vois, dit Betty Kossmut. Et Vanessa ? Que représentait-elle pour Miss Baldwin ?

— C'était, je crois, sa deuxième passion. Pendant quatre ans, Miss Baldwin se rendait à K&Q plusieurs fois par semaine. Elle n'avait pas le loisir de consacrer beaucoup de temps à d'autres enfants. Elle était gardienne durant ces longues soirées où les parents assistaient à des banquets officiels.

— Vous oubliez que d'après vos propres calculs le père n'était pas gouverneur, puisqu'on l'a élu en 1964.

— C'est juste. Mais on le voyait partout. Il parle constamment de son rôle pendant les émeutes. Celles-ci avaient commencé avant 1964.

Betty Kossmut se hasarda à jouer de la main gauche.

— Et lui, par rapport à elle ?

— Vous voulez dire Grigor ? Je pense sincèrement que sans cet accident il ne se souviendrait même pas de Miss Baldwin aujourd'hui.

— Sincèrement ?

— Vous tenez trop à ce que Miss Baldwin ait eu une vie sentimentale.

Cette fois, elle s'arrêta de jouer.

— Peut-être avez-vous raison. C'est vous qui êtes l'auteur. Mais moi qui connais bien vos autres textes, je puis vous dire ceci : vous mésestimez toujours l'apport des hommes. Ils ne s'impliquent jamais dans vos récits. Ils n'y seraient pas que leur absence ne changerait rien. Dans ce cas-ci, je veux bien croire que Léontyne mène la danse, mais vous avez tort de laisser son mari pour compte. Pensez-y ! Grigor Wilson, ce gouverneur si connu ! Dont on parle encore, puisqu'il est en voie d'être réélu. Depuis bientôt quarante ans qu'il est actif en politique ! Il n'est sûrement pas si neutre.

— Mais il n'y a rien de plus fade qu'un homme qui stagne quarante ans au même endroit. Même au Sénat.

— Il exerce une profession, celle d'être puissant. Vous l'avez dit vous-même. D'ailleurs, cet homme n'a-t-il pas une énorme influence ? Grâce à son argent, je crois qu'on a reconstruit plusieurs départements de l'Université de Richmond.

— Mais... comment le savez-vous ?

— Je vous l'ai dit, cette histoire me passionne. Vous oubliez que je vais devoir jouer l'unique représentation de cette pièce avec eux, même si je continue de penser que cela risque d'être un fiasco.

— On ne peut pas trouver de meilleure distribution, dis-je. Léontyne et Grigor Wilson joués par Léontyne et Grigor Wilson !

— Hé! Vous parlez d'une trouvaille! Des gens qui n'ont aucun rudiment de la scène! Comment pouvez-vous vous imaginer qu'ils vont dire correctement une seule phrase de votre texte ?

— Ces phrases vont venir d'eux et non pas de moi.

— Mais puisque vous êtes en train de les écrire ?

— Des répliques qui viennent toutes seules. Y compris celles que je ne voudrais pas qu'ils disent mais que je sais qu'ils vont dire. Y compris les coq-à-l'âne. J'ai plus de difficultés, je vous jure, à trouver des répliques pour mon propre personnage que de trouver mot à mot ces phrases que Grigor et Léontyne vont dire lorsqu'ils seront en scène.

Betty Kossmut se prit la tête à deux mains :

— Parce que, si je vous comprends bien, vous allez aussi vous mettre en scène ? Oh, les auteurs ! Vous êtes tous pires les uns que les autres !

À la voir ainsi découragée, je crus qu'elle refuserait de jouer une fois pour toutes.

— Nous n'avons pas assez d'interpréter vos textes, nous allons maintenant devoir vous tolérer sur scène ! Mais dans ce cas, pourquoi ne pas donner le rôle de Miss Baldwin à la première femme de soixante ans que vous verrez dans la rue ? Voilà ce qu'ils font à New York, c'est la mode !

— Parce que, je vous le répète, j'ai besoin de vous, Betty Kossmut.

Désarçonnée, elle s'écria :

— Mais c'est une responsabilité effrayante !

— Je sais. Plus j'avance, plus je m'en rends compte.

Elle se tut. En montant d'un cran, sa voix était devenue identique à celle que j'entendais dans ma tête en écrivant les répliques de Miss Baldwin. Betty Kossmut eut un soupir qui en dit long sur ses regrets de ne pas être entourée d'acteurs qui l'auraient certes approuvée. Ou de ne pas être pianiste ? Elle fixait le clavier comme on constate un dégât. Elle revint sur la question qui lui tenait tant à cœur :

— Vous êtes bien sûr que lui, par rapport à elle... ?

Je compris qu'elle en avait peur. Non pas de l'homme, mais du personnage politique. Ou de ce que l'un était devenu à travers l'autre. Trop obsédé par l'idée du scandale, et à la fois trop vertueux. Un qui refuserait peut-être de jouer. Allais-je inventer un autre Grigor Wilson pour Betty Kossmut ? À court d'arguments, je répondis :

— Laissez-moi y penser.

Elle était redevenue la grande Betty Kossmut, fière d'avoir semé un doute et conséquemment d'influencer le scénario. Mais puisque ce scénario existait déjà ? Comment changer le futur ? Après tout, je connaissais cet homme mieux qu'elle... Cette sorcière devait lire dans mes pensées puisqu'en se remettant à jouer *Pour Élise,* elle murmura d'un ton maternel :

— Vous savez, je connais les hommes mieux que vous.

Chose certaine, elle passait de sa propre personnalité à celle de Miss Baldwin avec une facilité de plus en plus déconcertante. L'une et l'autre à la fois, j'étais ébloui ! Et elle jouait du piano ! La mélodie, bien que sans accompagnement, résonnait maintenant comme sous les doigts d'une véritable pianiste. Betty Kossmut allait-elle se mettre à l'étude du piano ? J'allais lui poser la question lorsque retentit l'horrible sonnerie du téléphone. C'était Gila Rogalska :

— Écoutez, il faut nous voir absolument.

— ?

— C'est à propos de cette femme. Depuis que vous m'avez approchée pour ce projet, je ne pense plus qu'à elle, et j'en rêve toutes les nuits.

— Décidément ! fis-je avec la désagréable sensation de me trouver entre deux actrices à qui j'avais promis le même rôle. Et si je vous offrais de jouer un personnage spécialement conçu pour vous ?

— Oh, j'en serais très heureuse, mais je veux quand même que vous me parliez de l'autre davantage.

— Qui ? De Miss Baldwin ?

— Non ! De Léontyne Wilson ! Je vous le dis, depuis que vous m'en avez raconté l'histoire, cette femme me hante littéralement !

Une grande femme svelte retouchait sa coiffure, ce samedi-là, lorsqu'à sept heures pile on sonna au rez-de-chaussée. Elle s'attendait à l'arrivée d'un soldat, mais une minute plus tard elle parut au jardin, chancelante comme une femme ivre, pour murmurer en direction de son mari :

— Grigor... Te souviens-tu de Miss Baldwin ?

Il n'avait jamais vu sa femme dans un pareil état d'hébétude. Lui-même, ayant déjà subi deux infarctus, sentit une douleur immédiate au bras gauche. Il rattrapa son souffle et se mit à rire :

— Enfin, Léontyne ! Tu sais bien que c'est impossible !

— Non, répondit-elle. Regarde-la. C'est bien Miss Baldwin. Moi, je la reconnais.

Cette fois, il se sentit défaillir. Il lui fallut de longues minutes avant de retrouver son aplomb.

— Grigor. Grigor Wilson. Né le 19 avril 1924 d'une famille ouvrière de Baltimore. Marqué par la Crise dès son enfance. Il jure à huit ans de ne jamais être pauvre. Il vole. Vague histoire de contrebande vers la fin de son adolescence. Boston. Dénoncé, il songe à changer de nom. Harrisburg. Entreprend une brève carrière dans la construction. S'enrichit rapidement grâce aux coûts dérisoires des matériaux et de la main-d'œuvre. New York. Il gagne à la Bourse. Place ses capitaux. Se laisse tenter par la politique sur les instances d'un riche spéculateur de Detroit. 1947 : il épouse la fille de ce dernier et s'établit définitivement en Virginie pour se lancer dans la course au Sénat. Se présente aux élections de 1948, année de la naissance de son fils Peter. Se présente de nouveau en 1952, mais ne sera élu gouverneur qu'en 56. Défait en 60. Réélu en 64. Au cours de cette même année, il est victime d'une première crise cardiaque à l'âge de quarante ans. Son fils meurt en Angleterre, toujours en novembre 1964. L'État possède plus de renseignements qu'il n'en faut pour écrire une pièce sur ce fils. Défait en 1968. Élu en 72. Défait en 76 et ainsi de suite. Pendant la campagne de 1980, il fait un second infarctus. Depuis novembre 1980, il est de nouveau gouverneur de l'État de la Virginie. Vous savez le reste. La mort de sa fille Vanessa, et vous avez une idée de ce qui l'attend. Est-ce que cet historique vous convient ?

La route faisait alterner des paysages vierges et des agglomérations industrielles où s'érigeaient des tours de brique. Au long de notre parcours, des usines déversaient leurs tonnes de résidus dans la Baie de Cheasapeake. Elle s'étendait à perte de vue dans son immensité bleu acier, selon notre direction et notre altitude. Il fallait compter deux heures environ pour traverser le sud de cette Nouvelle-Angleterre dont les noms de villes et de villages ressuscitaient des lieux qui, dans celle des rois, avaient inspiré Shakespeare : Suffolk, Norfolk, York, Gloucester... Nous traversions la dernière municipalité avant d'entrer dans ce *court* huppé qui portait le curieux nom de King and Queen, jamais autrement indiqué, même sur son panneau d'entrée, que par les lettres K&Q, ce qui expliquait que tous prononçaient l'abréviation «Ké'n'Quiou».

Sachant qu'elle n'aurait même pas droit à une répétition générale, Betty Kossmut avait demandé à m'accompagner un dimanche pour voir au moins les lieux extérieurs. Malgré le temps radieux, je la sentais facilement irritable depuis le commencement du voyage. Je répétai ma question :

— Est-ce que cela vous convient ?

— Non, dit-elle froidement. Mais si cela vous convient à vous, l'auteur !

Je la regardai d'un air stupéfait. Cette recherche sur le passé de Grigor Wilson m'avait demandé une nuit de travail, et j'allais riposter lorsqu'elle me lança sur un ton d'injure :

— Et la guerre ?

— La guerre ?

— Monsieur Wilbraham, il y a des jours où j'ai la désagréable impression qu'on se moque de moi.

— Enfin, dis-je, expliquez-vous !

— On est exhaustif ou on ne l'est pas. La vie de Grigor Wilson ne peut être ainsi résumée en faisant abstraction de la guerre.

— Ah! dis-je hors de moi, vous voulez la guerre?

— Je n'ai que faire de vos brouillons. Tous les hommes de sa génération ont été marqués par la guerre. Ce détail vous a échappé, et vous allez me faire croire à une psychologie approfondie du personnage? La Bourse, tenez! La Bourse! Laissez-moi rire! Vous vérifierez s'il était courant de gagner à la Bourse en ces années-là! Ah, je vous le dis, vous allez bientôt écrire des spectacles pour le *Bread and Puppet*!

J'appliquai brusquement les freins et je me rangeai sur la droite.

— Enfin, madame Kossmut, qu'est-ce que vous voulez, pour l'amour de Dieu?

Il arriva ce qui devait arriver. Elle se lança dans une grande crise de diva:

— Mais je ne sais pas, moi, ce que je veux! Je ne suis qu'une actrice qui s'efforce de faire brillamment son métier! En dépit des lacunes et des invraisemblances imputables à votre manque de rigueur! Je me mets à votre service, eh bien j'exige qu'on me traite convenablement. C'est la moindre des choses! Ce que je veux! Ce que je veux! C'est justement le point que j'essaie de discuter avec vous depuis trois semaines! Je ne devrais pas avoir à vous demander de corriger vos personnages. Je ne peux pas répéter mon rôle, prendre des leçons de piano et inventer des personnages en plus! Je nage dans les concessions depuis le début de cette affaire! Comment faut-il vous le dire ? Je ne crois pas en ce Grigor Wilson. Est-ce ma faute si les hommes dans vos pièces ne me parlent pas? Cette perpétuelle absence m'énerve. Qu'au moins ils évacuent le plancher s'ils n'ont rien à dire! Trouvez un prétexte, que sais-je, que cette vipère de Léontyne se taise et que le mari prenne la parole. Ah, quel être mou ! Je regrette de vous le dire, mais cet homme est votre propre reflet !

Trop excédé, je criai plus fort qu'elle :

— Je m'en vais voir ma fille! C'est tout ce qui me préoccupe pour l'instant. Je n'ai aucune envie de défendre la personnalité de cet individu. Il n'en a aucune. Vous le constaterez par vous-même.

Il y avait une serviette de cuir sur la banquette arrière. Elle contenait l'ensemble des notes accumulées depuis la mort de Vanessa, ainsi que le texte à peu près définitif de la pièce. Je pris la serviette et, bien que m'étant promis d'attendre avant de tout lui livrer, j'en sortis les documents pour les mettre de force entre les mains de Betty Kossmut. Puis je redémarrai.

D'abord interdite, elle les feuilleta sans trop paraître rebutée par les ratures. Deux minutes plus tard, je sentis qu'elle s'apaisait. Je la vis complètement absorbée dans un cahier bleu dont les premières pages reconstituaient une journée dans la vie de Grigor Wilson.

J'avais d'abord commencé à écrire dans ce cahier pour m'amuser. Mais il m'était vite devenu indispensable. Il contenait, sous forme de récits le plus souvent dialogués, des épisodes que j'avais dû reconstituer en me servant de souvenirs, d'allusions, d'impressions et, il faut bien l'avouer, de mon imagination. Chose certaine, j'y consignais des faits réels. Lorsqu'un blocage survenait dans le fil de ma pièce, j'ouvrais ce cahier bleu et poursuivais l'écriture de ce qui ressemblait de plus en plus à un court roman. Il aurait pu s'intituler : *K&Q, 3 novembre 1964*. La narration de cette journée constituait un postulat de base sur lequel reposait l'écriture de ma pièce. Je tenais à retranscrire des dialogues et des faits de la façon la plus vraisemblable qui soit plutôt que d'en esquisser un résumé. Aussi, en écrivant ce récit dont les éléments se mettaient mutuellement en lumière, je sentis plus d'une fois la complicité de Vanessa.

Nous entrâmes dans K&Q. Pour atteindre la maison des Wilson, il fallait gravir une pente très abrupte. Des rochers bordaient le sentier. Avant de m'y engager, je m'arrêtai et regardai fixement Betty Kossmut.

— C'est ici ? demanda-t-elle avec un frisson.

— Oui. Regardez. Il y a vingt ans, à cet endroit précis, on a retrouvé le corps de Miss Baldwin.

Extrait du cahier bleu

Le mardi 3 novembre 1964 était jour d'élections au Sénat. Tous savaient que le président Johnson, en poste depuis un an, allait être réélu à la Maison-Blanche et que la course était gagnée d'avance dans la plupart des États de la Nouvelle-Angleterre par les candidats démocrates. À K&Q, il faisait un temps extrêmement doux pour la saison. Grigor Wilson s'était levé du mauvais pied ce matin-là. Sa femme fit de l'ironie sur son humeur, puis s'en fut rejoindre Vanessa pour lui dire de rattraper l'heure de piano qu'elle avait sautée la veille. Ces remarques de la mère irritaient la fillette. Léontyne le savait, mais elle n'ignorait pas non plus que Vanessa, âgée de huit ans seulement, était une enfant surdouée: ne jouait-elle pas déjà du Schumann ?

— Et n'oublie pas que tu as une leçon ce soir, à huit heures. Miss Baldwin ne sera pas contente.

Le père parut en haut de l'escalier.

— Qu'est-ce que c'est que cette histoire de leçon ?

— Notre fille apprend le piano depuis quatre ans, Grigor.

— Je le sais bien, j'en vois les factures. Mais aujourd'hui est jour d'élections au Sénat. Depuis quand Miss Baldwin vient-elle un jour d'élections ?

— Depuis qu'elle a conclu un arrangement avec moi. Elle n'a pas pu venir lundi, alors elle vient mardi, jour d'élections.

La voix de Grigor trahit une exaspération peu coutumière :

— Miss Baldwin enseigne le piano un jour d'élections !

— Un jour d'élections ! cria-t-elle. Un jour d'élections ! Qu'est-ce qu'il y a de si extraordinaire ?

— Et les parlementaires ?

— Les parlementaires ! Comme tu es assommant avec tes parlementaires !

Elle lui en voulut de l'avoir rendue maussade. Lorsque Grigor quitta la demeure pour se rendre au bureau de scrutin, Léontyne s'affaira aux derniers préparatifs de la réception qui aurait lieu ce soir-là. Traditionnellement, Grigor convoquait les parlementaires et les délégués étrangers à fêter sa victoire. Le banquet avait lieu tard en soirée, après l'annonce officielle des résultats. Les premiers parlementaires arrivaient vers dix heures et les derniers vers minuit, et ils ne repartaient jamais avant l'aube.

Léontyne mit de l'ordre dans ses pensées. *Les Scènes d'enfants* résonnaient là-haut, contre le battement du métronome. Elle s'immobilisa au pied de l'escalier pour les écouter. Cette musique la pacifiait. Elle repassa mentalement les ordres qu'elle devait donner à ses domestiques afin que tout soit impeccable dans la demeure pour l'arrivée des parlementaires.

C'était une vaste demeure. Elle comptait une vingtaine de pièces réparties sur deux étages réunis par un grand escalier en fer à cheval. Construit par un maître d'œuvre, cet

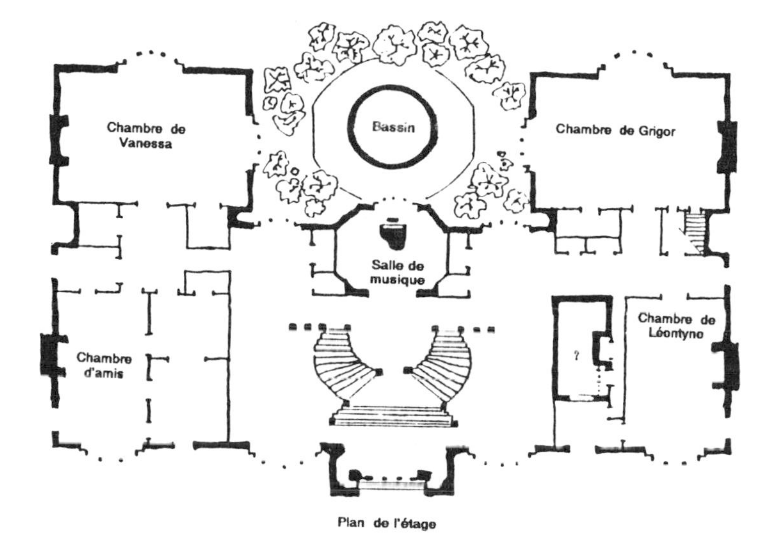

Plan de l'étage

escalier occupait le centre géométrique de la maison. À sa base, six longues marche conduisaient à un premier palier où la structure se divisait en deux volées aux rampes de granit. Sur ce palier, une immense horloge italienne marquait les secondes, les minutes et les heures, telle une présence qui aurait mesuré à la fois le silence et le temps.

Les chambres de l'étage se divisaient en deux sections. À l'est se trouvaient les alcôves pour les domestiques, la chambre de Vanessa et, plus au fond, une chambre d'amis. Toute la partie ouest était réservée aux maîtres. Près de la chambre dite principale, Léontyne avait fait aménager une seconde chambre à coucher, après seulement six mois de mariage. Au fil des ans, cette pièce était devenue plus fastueuse que la première. La chambre de Grigor communiquait par un escalier de service avec la bibliothèque au rez-de-chaussée. Celle-ci donnait directement sur le jardin, en sorte que les Wilson pouvaient passer de la cour arrière à leurs chambres de même qu'on pouvait, toujours par cet escalier de service, passer du jardin à la salle de musique sans devoir faire le tour de la maison.

La salle de musique se trouvait au milieu de la maison dont le plan avait la forme d'un U. Vers cette pièce convergeaient les deux volées de l'escalier central. C'était une salle octogonale aux murs décorés de tableaux et d'assiettes de faïence. Ces souvenirs de voyage constituaient une séduisante collection pour le bonheur des invités. Sur l'étagère où Vanessa rangeait ses partitions, une vingtaine de poupées miniatures étaient disposées comme pour illustrer un bal d'époque évocateur et mystérieux. Au milieu de ces joyaux, un piano à queue dont la famille avait hérité faisait face à la fenêtre. Pour s'y asseoir, il fallait se mettre dos au jardin. Les touches d'ivoire avaient jauni; l'ébène accusait quelques défauts qui portaient ombrage à son lustre, mais la sonorité, bien que l'instrument fût de facture inconnue, vibrait tout en sobriété dans le grave, et avec élégance dans le médium et l'aigu.

Cette sonorité convenait parfaitement à la musique de Schumann. C'était là l'avis de Miss Baldwin, laquelle désapprouvait l'éventuel achat d'un Steinway que les Wilson auraient cru indispensable. Même pour une oreille profane comme celle de Léontyne, le charme des *Scènes d'enfants* devait opérer sur ce piano puisque, de son propre aveu, elle ne s'en était encore jamais lassée.

Ce matin du 3 novembre 1964, Léontyne avait cependant d'autres préoccupations en tête que de s'interroger sur ces questions romantiques. Il importait de réunir son personnel. Mais avant toute chose, elle devait s'acquitter d'une tâche quotidienne qui ne pouvait s'accomplir que dans le plus grand des secrets. Elle prit une clé et se rendit à l'étage par l'escalier de service. Elle traversa la chambre de Grigor et se faufila dans le couloir sur la pointe des pieds, même s'il fut tout à fait improbable qu'on puisse la voir ou l'entendre. Il y avait trois portes le long du corridor. Celle du centre se trouvait toujours fermée à clé. Tous auraient cru qu'il s'agissait d'un placard, mais en réalité cette pièce était beaucoup plus grande; l'architecture de la maison avait été refaite en cet endroit pour que personne ne puisse en deviner les dimensions exactes.

Avec précaution, Léontyne ouvrit doucement la porte, s'introduisit dans la pièce non éclairée et s'y enferma à double tour.

— Dieu du ciel! Ces gens doivent avoir tellement de choses à cacher! s'écria Betty Kossmut en voyant apparaître la maison des Wilson. Nous sommes au bout du monde! Quelle idée de vivre si loin des autres! Cette enfant doit s'ennuyer à mourir.

En fait, ils n'habitaient pas si loin. Grigor n'aurait pu se permettre d'être à plus d'une heure de la capitale et plus d'une demi-heure de l'aéroport. Léontyne, qui aimait les grands centres, n'aurait pas non plus supporté de vivre si loin du monde. Mais l'endroit surélevé et assez retiré suggérait un dépaysement auquel je ne me serais moi-même jamais habitué.

Pourtant, cette maison de K&Q était l'une des choses les plus cossues d'Amérique. Elle dormait, massive, sous des arbres plus anciens qu'elle. La façade ressemblait à l'entrée d'un couvent aux extensions invisibles, à cause d'un mur très haut qui longeait la rue étroite. Mais on devinait que l'intérieur recelait un mélange de richesse et d'austérité.

Nous étions convenus, Betty Kossmut, Gila Rogalska et moi, de donner l'unique représentation de notre pièce le 25 août. Un samedi où la bonne serait en congé et où les Wilson ne s'attendraient pas à me voir. L'effet de surprise s'avérait indispensable. J'avais déjà remarqué qu'en me présentant à l'improviste, les Wilson se comportaient d'une manière plus coupable que lorsque je venais pour ma visite mensuelle. Je ne multipliais pas ces arrivées impromptues. Par ailleurs, jamais les Wilson n'auraient manqué de savoir-vivre au point de me mettre à la porte ! Et pourtant, Dieu sait s'ils devaient songer à le faire... Ils agissaient invariablement comme si un méfait venait juste d'être commis. Léontyne surtout. Il était écrit sur son visage qu'elle me recevait en ami en sachant que je venais en espion.

Elle devait donc mettre en œuvre ses deux cerveaux en même temps : l'un pour paraître naturelle, l'autre pour repérer des apparences dont elle aurait dû se préoccuper en supposant que je me fusse annoncé. Je la voyais s'adonner à une analyse aussi profonde que secrète, qui n'allait pas sans nécessiter une bonne dose d'invention. Son premier réflexe était d'expliquer l'absence de Cynthia, laquelle, comme tout le reste, était sujette à la trahir. Léontyne et Dieu savaient pourquoi.

Notre pièce devant avoir lieu vers la fin du mois, j'avais annoncé ma visite mensuelle pour ce premier dimanche d'août. Betty Kossmut resta dans l'auto, cachée à l'arrière.

Léontyne m'accueillit avec sa mauvaise foi habituelle :

— Elle ne va pas très bien aujourd'hui.

— Je sais. Elle ne va jamais très bien quand je viens la voir.

— Tâchez de ne pas la fatiguer.

— Je ne compte pas m'éterniser.

— Tant mieux. Je suis pressée.

— Pressée ?

— Extrêmement pressée.

On ne savait jamais pourquoi. Mais elle était pressée, même le dimanche. Je saluai rapidement mon beau-père puis, sans m'informer de sa santé à lui, je montai à la salle de musique où Cynthia m'attendait.

Je la trouvai enjouée, mais je remarquai dans sa physionomie que plus le temps passait plus elle leur devenait semblable. Je me cherchais en elle, mais je ne voyais que les Wilson. Si au moins elle avait ressemblé davantage à Vanessa ! Mais là où l'on aurait reconnu les traits de Vanessa s'imprimaient des traces qui se rapportaient directement à Léontyne : on décelait dans le gris de ses yeux un peu de charbon, un peu d'égocentrisme et beaucoup de méfiance.

Certes, elle avait mille raisons d'être méfiante, mais mon impression ne dura qu'une seconde. Elle vint se jeter dans mes bras et, pris d'assaut par ce bonheur de me retrouver avec elle, je ne sais ce qui me retint de lui annoncer qu'avant la fin du mois elle viendrait vivre avec moi à Portsmouth. Ou plutôt si : avant de parler, je jetai un coup d'œil en direction du mur. Le voyant rouge était allumé. Bien sûr, Cynthia en comprenait la signification. Aussi, nous eûmes une première conversation destinées aux oreilles de Léontyne.

— Tu t'entends bien avec elle ?

— Ah oui, si tu savais ! dit-elle en faisant non.

— Tu ne t'ennuies pas trop ?

Même jeu. Cet usage des signes contraires l'amusait au point qu'elle paraissait toujours un peu déçue de voir la lumière rouge s'éteindre. Je lui proposai de descendre au jardin.

— Oui, dit-elle. Mais après, il faudra que tu t'en ailles.

— Tiens ! Depuis quand est-ce qu'on me met à la porte ?

— C'est parce que je suis pressée.

— Pressée ?

— Oui. Je vais jouer chez les Schubert.

Dans le corridor, je cédai à une tentation :

— Tiens, c'est la première fois que je remarque cette série de portes, là-bas...

— Ce sont des placards, dit Cynthia.

— Tu en es sûre ? Il me semble que la porte du milieu donne plutôt sur une chambre, non ?

— Non, c'est un placard. À gauche, c'est la lingerie, à droite il y a une salle de bain, mais au milieu c'est un placard.

— Tu connais tous les secrets de cette maison ! fis-je en me dirigeant vers le fond du couloir.

— Je le sais parce qu'elle m'y a déjà envoyée pour me punir. C'est un placard très étroit, avec une ampoule au plafond.

— Où allez-vous ? demanda la voix forte de Léontyne dans mon dos.

Cynthia courut se faufiler dans sa chambre. Je bafouillai :

— Nous allions descendre.

— L'escalier est de ce côté-ci.

Bien qu'à voix basse, je passai à l'offensive :

— Elle me dit que vous la punissez. Mon Dieu, pourquoi ?

— Moi, la punir ? Imagination !

— Elle me l'a dit.

— Fiction, mon cher gendre.

— Vous l'avez déjà envoyée dans cette chambre au bout du couloir.

Ce fut à son tour de bredouiller :

— Ce n'est arrivé qu'une seule fois, et pour un cas de force majeure.

— Je n'en doute pas. Mais je vous interdis de la punir ailleurs que dans sa chambre.

— Hé ! Je voudrais bien savoir de quoi vous vous mêlez ? Et pourquoi, tout à coup, vous m'arrivez avec une histoire de l'an passé ? Je l'avais surprise en train de noyer des chatons. J'ai beau avoir horreur de ces vermines, j'ai fait comme n'importe qui de sensé aurait fait à ma place. Elle avait mérité sa pénitence.

Je ne devais pas intervenir davantage. Malgré le mal qu'on pouvait dire de Léontyne, celle-ci aimait profondément Cynthia. Je m'assurai tout de même qu'on n'allait pas lui reprocher de m'avoir parlé de cette punition, puis je pris congé des Wilson. En me rendant vers l'auto où Betty Kossmut m'attendait, je me sentis harcelé par une idée fixe : cette porte, selon Cynthia, donnait sur un placard. Or j'avais dit une *chambre* à Léontyne, et elle ne m'avait pas repris.

— Miss Baldwin ...

Grigor dut mettre de longues minutes avant de retrouver son aplomb.

— Excusez l'étonnement de mon mari, Miss Baldwin. La moindre surprise l'ébranle, lui dont le cœur n'est plus tellement en santé. Vous savez qu'il est toujours en politique ? Pour des raisons hors de notre volonté, un émissaire anglais devra nous visiter tout à l'heure. Nous pensions que c'était lui quand vous avez sonné.

Miss Baldwin se lança dans un chapelet d'excuses :

— Oh, oh, si vous saviez ! Si vous saviez comme je m'en veux, madame Wilson ! Quelle idée aussi j'ai eue ! Je m'étais pourtant bien mise en garde de ne pas m'aventurer. Mais ç'aura été plus fort que moi. J'avais envie de cette balade, et voilà ! le hasard veut que j'aie cette panne au bas de la côte. Vous pouvez vous figurer ma surprise lorsque j'ai reconnu ces lieux ! Ah, mais si vous saviez comme je m'en veux !

— Mais non, je vous en prie.

— Dire que j'ai si longtemps hésité avant de sonner !

— Il ne fallait pas, voyons !

— Et pourtant, je lis sur votre visage que je tombe mal.

— Oh ! le beau coucher de soleil ! s'exclama Cila Rogalska.

Elle s'installa à la fenêtre pour contempler la ville, la Baie de Cheasapeake et le ciel.

— Madame Kossmut y voit quelque chose d'apocalyptique, fis-je en souriant.

— Elle a bien raison ! Tout est si anarchique, si macabre ! Je ne vous savais pas à ce point...

Je compris qu'elle faisait allusion à la pièce.

— ... dénaturé ? demandai-je.

— Il y a quelque chose, oui, de dénaturé dans cette entreprise, monsieur Wilbraham.

— Vous avez raison.

— Oh, ajouta-t-elle avec une politesse excessive, je ne disais pas cela pour vous faire un reproche.

— Ce qui m'importe de savoir, c'est si vous croyez au dénouement de cette histoire.

Elle hésita avant de répondre :

— Ou...i et non.

Ce genre de réponse la définissait mieux que n'importe quel autre trait. Je n'avais aucun mal à l'imaginer dans cet état douloureux d'indécision lorsqu'un événement, fût-il anodin, mettait en cause sa sensibilité.

— Il faudrait que vous optiez pour oui ou pour non. Ainsi, il vous sera plus facile de jouer le rôle du soldat Knabe. Même si vous avez la certitude que tout ce que j'ai échafaudé ne rime à rien.

— Ce n'est pas ce que je voulais dire ! fit-elle en se tordant les mains. Je crois que ce que vous faites est valable.

Je redoublai de patience :

— Là n'est pas la question.

— Mais je vous assure que si !

Le courage me manquait pour lui dire que je la trouvais par trop dépourvue d'initiative. J'avais beau comprendre que la timidité l'étouffait, je me sentais irrité par son éternel comportement de résignation. Il m'obligeait à des égards qui ne m'étaient pas naturels. Elle sentit mon exaspération :

— Mais après tout, je ne suis peut-être pas la personne idéale. Pourquoi tenez-vous tant à me faire jouer ? Je n'apporte rien aux autres.

J'en venais à le croire. Mais l'idée de recommencer à zéro avec une nouvelle comédienne me décourageait plus encore.

— Écoutez, si j'ai fait appel à vous, c'est que j'ai confiance en votre talent.

— Mais vous m'avez vu jouer une seule fois, et c'était un tout petit rôle.

— Cette fois-là vous m'avez plu.

— On ne choisit pas comme ça des comédiens.

— Moi, si.

— Quoi ? Vous voulez dire que votre pièce serait quelque part une tentative pour...

— Pour me rapprocher de vous, oui.

Sa réaction cette fois fut vive :

— Mais... Vous êtes encore plus compliqué que je ne croyais ! Et cela confirme ce qu'on a déjà dit de vous dans les journaux !

Trop tard pour me rattraper. Je prévoyais déjà les conséquences de mon étourderie.

— Il est bien entendu que madame Kossmut ignore cette partie-là de mes intentions, dis-je en m'enfonçant les pieds dans le plat.

— J'aurais moi aussi préféré que vous ne m'en disiez rien, s'écria-t-elle d'une voix offensée.

Un énorme malaise m'envahit. Pour me réchapper, je me levai d'un bond et me lançai corps et âme dans mon personnage d'auteur :

— Récapitulons ! Vous arrivez chez les Wilson avec trois quarts d'heure de retard. En fait, le soldat Knabe est attendu pour sept heures pile, mais il arrive à huit heures moins le quart.

À sept heures pile, on aura quand même sonné à la porte. Surprise : Miss Baldwin, alias Betty Kossmut, fait une apparition après vingt ans d'absence.

Pause. Nulle réaction. Je criai à tue-tête :

— MISS BALDWIN APPARAÎT CHEZ LES WILSON APRÈS VINGT ANS D'ABSENCE !

— Oui, mais puisqu'elle est morte ?

— Enfin ! Ce n'est pas trop tôt !

— Car elle est bien morte, n'est-ce pas ?

— C'est ce que les Wilson pensent. Supposez maintenant qu'elle puisse être vivante ?

— En ce cas, Léontyne Wilson croit qu'elle devient folle.

— Oui, dis-je. Mais vous n'en avez pas l'air convaincue.

— C'est que Léontyne peut aussi bien se dire que cette mise en scène est un coup monté par son gendre... qui est dramaturge.

Je crus devoir capituler une fois pour toutes. Voilà bien ce qui risquait d'arriver si je confiais le rôle du soldat à cette ingénue : un triomphe sans précédent de Léontyne Wilson dans ce qu'elle convoitait le plus au monde : me couvrir de ridicule. Je fis deux fois le tour du piano en tâchant de rassembler mon énergie et ma patience.

— Le cahier bleu, dis-je. L'avez-vous lu ?

— Oui, je l'ai lu.

— Et je suppose que vous n'avez toujours pas d'opinion ?

— Je vous le répète : il y a quelque chose de tellement dénaturé dans cette pièce !

— Quoi ? Mais dites quoi au juste !

— Mon Dieu, tout.

— Mais plus précisément ?

Brusquement, elle éclata :

— Le placard ! Ce n'est pas ma faute, je suis incapable de supporter l'idée de ce placard ! Ah, monsieur Wilbraham, vous êtes moralement impardonnable d'avoir inventé cette histoire ! Vous n'avez pas de preuve. Comment peut-on croire qu'une chose pareille soit possible ?

Elle pleura longtemps. Je m'approchai d'elle, dérouté et profondément honteux de mon manque de tact. Elle resta prostrée sur son sac à main pendant de longues minutes, prise à l'intérieur d'une bulle fragile qui me rappelait un certain climat de désarroi, celui dans lequel j'étais plongé lorsque Vanessa partait à la dérive. Au moment où j'allais lui proposer de la raccompagner, une sorte de miracle se produisit. Elle se leva, métamorphosée dans une étrange sérénité, et fit un pas vers la fenêtre. Immobile face à la nuit qui tombait, elle ferma les yeux. Je pris conscience qu'elle était sans beauté ni laideur. Sa physionomie devait consister en un désavantage dans son métier. Peut-être était-elle faite pour jouer des rôles de sœurs ? Sœur aînée ou sœur cadette, elle portait, sans identité propre, un prolongement d'autrui. L'idée doucement s'insinua qu'elle aurait merveilleusement joué Vanessa, à supposer que Vanessa ne fût pas au centre de tout.

Elle commença d'une voix lontaine :

— Nous sommes dans les *meadows* anglais, entre Eton et la mer. L'air est voilé d'un très léger brouillard. La lumière est blanche, ténue, composée de gris et de turquoise. Nous ne savons pas si c'est un jour ensoleillé. Pourtant ce jour dure. On dirait qu'il s'arrête au milieu de l'après-midi pour ne continuer que des années plus tard.

— Parlez-moi de lui, demandai-je.

Elle s'anima :

— Nous nous sommes connus il y a longtemps. Et nous étions très jeunes. Je me souviens à peine des traits de son visage. Tout m'attirait en lui : pour la première fois de ma vie, j'étais amoureuse.

— Vous parlait-il de ses parents ?

— Mon Dieu, c'est si vague ...

— Il faut vous rappeler.

— Une fois, peut-être. Il m'aurait parlé d'elle. Si. Je m'en souviens parce que j'ai eu le sentiment, cela me revient, qu'elle m'aurait détestée.

— Vous aviez raison de le penser. Je crois moi aussi que Léontyne était amoureuse de son fils.

— J'avais compris qu'il représentait tout ce qu'elle désirait : en lui, la beauté, l'intelligence, l'instinct de vivre étaient extrêmes.

— Sa beauté ?

— Dites plutôt sa brillance !

— J'aurais pourtant cru, d'après une de ses photographies, à une beauté un peu ombragée, pour ainsi dire mélancolique.

— Je sais. Vous faites allusion à un portrait de collège, très flou. Un agrandissement d'une photo de fin d'année. Mais je puis vous asssurer que Peter Wilson était un être subjugant, d'une beauté sans loi. Si je devais absolument recourir à un cliché, je dirais qu'il portait un éclat... *surnaturel.*

Elle changea brusquement de ton :

— Ce qu'il y a de tragique dans votre pièce, c'est que vous me demandez le grand amour et que les mots n'y sont qu'à moitié. Si au moins il n'y étaient pas du tout ! Mais je sais que ma requête doit vous paraître absurde. Je vous demande peut-être l'infaisable ? Je suis si coincée entre la parole et le silence ! Promettez-moi de décrire l'amour d'une manière exhaustive, ou de ne rien écrire. Je ne jouerai le soldat Knabe qu'à l'une de ces conditions.

On aurait cru entendre Betty Kossmut !

— Du chantage ? dis-je.

— Une extorsion. Ou bien vous surpassez *Roméo et Juliette,* ou bien vous renoncez à me faire dire quoi que ce soit au sujet de cet amour. Je veux aimer Peter de façon à ce que moi seule je puisse m'expliquer ce genre d'attirance. Au fond, je ne veux qu'une chose : trouver Gila Rogalska qui se cache depuis tant d'années. J'ai besoin de votre complicité. Peter, grâce à vous, et vous, grâce à Peter, m'offrez l'occasion d'un début de réponse. Je vous supplie de ne pas gâcher cette occasion. La vie ne me l'a encore jamais offerte. L'admiration que j'ai pour vous se changerait en déception.

Elle se tourna vers la nuit :

— Peter est mort. Vous demandez que, par moi, il soit vivant. Je compte être très stricte à ce jeu. Moi aussi, j'ai un profond désir d'être vivante. Vous devez connaître ce sentiment. Oui, monsieur Wilbraham. Vous me comprenez. Vous écrirez ce que vous voudrez au fond. Un soldat, pourquoi pas ? Un soldat bref, précis, utile, et rêveur sans que rien n'y paraisse. Il faudra bien que je pense à quelque chose au cours de ces longues minutes de silence que vous allez m'écrire ! Et c'est là, vous verrez, que le soldat inconnu ira jusqu'au fond de lui-même, ou plutôt d'elle-même. Vous apprécierez le résultat. À condition bien sûr que vous retouchiez mon rôle et que vous me permettiez de tout relire.

Elle se détourna. Je restai stupéfait par la détermination de sa dernière phrase. Elle prit son sac, ses gants, ses clés. Au moment d'ouvrir la porte, elle me toisa à travers le miroir de l'entrée :

— À propos, dit-elle, en ce qui touche vos intentions...

— Mes intentions ?

— Ce petit jeu dont madame Kossmut n'est pas au courant...

— Écoutez, je vous dois des excuses.

— Si on veut. Mais d'après moi, vous auriez plus de chance avec elle.

— J'avais envie de cette balade et voilà ! Le hasard veut que j'aie cette panne au bas de la côte. Vous pouvez vous figurer ma surprise lorsque j'ai reconnu ces lieux ! Ah, mais si vous saviez comme je m'en veux !

— Mais non, je vous en prie.

— Dire que j'ai si longtemps hésité avant de sonner !

— Il ne fallait pas, voyons !

— Et pourtant, je lis sur votre visage que je tombe mal.

Grigor s'interposa entre elle et Léontyne :

— Excusez notre stupeur, Miss Baldwin, mais nous nous attendions si peu à vous revoir, après tant d'années !

Miss Baldwin avala et repartit de plus belle sur un coup de glotte :

— J'ai changé beaucoup, je le sais. Il y a eu d'abord cet accident, de longs mois dans le coma, suivis de toute une chirurgie, pour effacer le pire, et puis une longue convalescence... Mais je suis là qui m'embrouille, et je ne vous ai même pas demandé comment vous allez.

— Nous allons bien, mais dites-nous...

— Et Vanessa ? Donnez-moi de ses nouvelles !

Nous nous rencontrâmes trois semaines avant le samedi fatidique pour procéder à une première lecture. Ce terme offusqua quelque peu Betty Kossmut que l'absence des protagonistes semblait gêner au plus haut point. Elle nous pria de croire qu'en vingt-six ans de carrière elle n'avait encore jamais vu une pareille inconvenance.

Nous amorçâmes tant bien que mal la première scène, celle de l'arrivée de Miss Baldwin. Comme Betty Kossmut en était l'héroïne et que nous ne devions entrer que plus tard, Gila Rogalska et moi lui donnâmes la réplique. Le résultat qui aurait pu être simplement cocasse fut, pour Betty Kossmut, rien de moins que lamentable :

— Mademoiselle Ro... Rogalska ? dit-elle, je crois que Léontyne Wilson est plus surprise, plus, comment dirais-je, stupéfaite.

— Bien, acquiesça l'autre, qui enchaîna sur un ton à peine effarouché : «Grigor... Tu ne devineras jamais qui nous arrive !»

— C'est un peu mieux. N'oubliez pas que Miss Baldwin est une revenante dans l'esprit de l'auteur. Que feriez-vous si vous vous trouviez face à face avec une reven...

— Ça va, madame Kossmut.

— Justement, il me semble que ça ne va pas.

— Écoutez, intervins-je avec tout le tact dont j'étais capable, Gila Rogalska n'a pas à jouer le rôle de Léontyne.

— Je sais, mais...

— Elle ne fait que vous épauler.

Un temps.

— Ah... fit Betty Kossmut. Et je suppose que vous êtes aussi en train de m'épauler ?

D'un sourire, j'invitai Gila Rogalska à reprendre sa réplique.

— Grigor... Tu ne devineras jamais qui nous arrive !

Il y eut un court silence. Betty Kossmut ironisa tout bas :

— Je crois que cela fait assez de fois pour qu'il le devine !

Dans un soupir, Gila Rogalska laissa son crayon lui tomber des mains. Betty Kossmut parut soudain consciente du malaise. Elle se tourna vers moi comme si nous n'avions jamais été que deux :

— J'ai peur sincèrement qu'il faille reporter la première au mois d'octobre, Mark. Souvenez-vous de cette comédienne dont je vous avais parlé...

J'élevai le ton :

— Je regrette, mais j'ai la conviction que Gila Rogalska sera sensationnelle dans le rôle du soldat Knabe.

Cette dernière murmura :

— Je peux me retirer de ce projet si c'est ce que vous voulez.

— Ah non ! s'exclama Betty Kossmut. Vous n'allez pas nous faire un numéro ! Dites à présent que je vous persécute.

Elle ajouta en se tournant vers moi :

— Je pense, Mark, que nous n'arriverons jamais à nous entendre elle et moi.

— Et moi, dis-je, je pense que vous n'avez aucune aptitude pour la mise en scène. Je vous en prie, Miss Baldwin, à l'ordre !

— C... comment m'avez-vous appelée ?

— Miss Baldwin. À partir de maintenant, vous êtes Miss Baldwin. Vous n'avez plus d'autorité qu'en matière de musique. C'est à prendre ou à laisser. Si vous refusez, vous savez où est la porte.

Nous reprîmes la première scène. J'assumai les deux rôles des Wilson et nous nous rendîmes jusqu'en page 3 sans trop d'anicroches. Cependant, suite à un malencontreux pataquès dont elle essuya l'affront en déclarant qu'elle était humaine, Betty Kossmut dut relire deux fois sa réplique pour finalement me demander :

— Si je puis me permettre, Mark, il ne vous est pas venu à l'esprit d'écrire votre pièce comme tout auteur qui se respecte est censé le faire ?

— Il y a dans votre voix, chère Betty, ce petit rien d'hostile qui...

— Si le ton de ma voix...

— Pouvez-vous préciser votre question ?

Elle aspira une quantité folle d'air pour enfin donner libre cours à tout son ressentiment :

— J'ai l'impression d'être un jouet, voilà le fond de ma pensée. De ma vie, je n'ai encore jamais participé à une telle supercherie. J'ai orienté toutes mes aspirations en fonction de l'art. L'art, oui, ce mot qui suscite plus de moquerie que de respect. L'art, savez-vous ce que ce mot représente pour moi, vous qui vous targuez d'être un créateur ? J'ai la réputation de faire confiance aux autres, et à vous le premier, Mark Wilbraham, et voilà ce que je récolte en guise de récompense. Je ne suis qu'une naïve. Inutile de me contredire. Je vous ai donné le meilleur de moi-même. Pour finir, prenez donc mes désillusions.

Elle se leva, plus vraie que tragique. En moins d'une minute, ses théâtres intérieurs s'étaient entrechoqués et la vérité avait jailli. À la fois digne et quelque peu humiliée, elle se tourna vers Gila Rogalska :

— Je vous laisse sur cette piètre opinion que vous devez avoir de moi. Vous en ferez ce que vous voudrez, comme vous ferez bien ce que vous voudrez de cet avis : l'homme assis devant vous a plus de défauts qu'on pense. Tant mieux si son projet réussit, je le lui souhaite. Mais il réussira sans moi.

Elle ajouta à mon intention :

— Je ne le laisse pas au dépourvu. Il a bien profité de mes conseils, et il a même prévu que Betty Kossmut ne marcherait pas dans ce complot. Vous en voulez la preuve ? Demandez-lui donc pourquoi il n'a pas écrit sa pièce selon les conventions habituelles ? Où sont les noms des personnages ? Où sont les didascalies ? Ma foi, on dirait que c'est lui demander la lune que de nous indiquer qui dit quoi dans cette pièce. Mais qu'est-ce qu'une pièce ? C'est lui qui nous dit qu'il s'agit d'une pièce. Pourtant, remarquez qu'elle est écrite au passé et que sa lecture ne fait sens qu'avec l'indispensable cahier bleu.

Elle me pointa de l'index :

— Avouez-le donc, Mark ! L'échec de votre projet advenant, il vous reste une solution de rechange : celle d'en publier le récit ! Et de cela, vous me voyez profondément insultée.

Ce disant, elle se dirigea vers la porte, assurément consciente de réussir une des grandes sorties de sa carrière.

Gila Rogalska quitta la table et marcha vers la fenêtre. Son visage inondé de lumière laissait paraître un sentiment de gêne. Nous passâmes sur la terrasse.

— Je sais, me dit-elle, qu'un auteur n'est pas seul quand il écrit.

Un ange passa, qui ressemblait à celui de Vanessa.

— N'est-ce pas, monsieur Wilbraham, que cette pièce vous est venue d'un seul jet et que vous l'avez écrite comme si ce n'était pas vous qui l'aviez pensée ?

Je m'entendis répondre :

— Ma femme est morte sans avoir jamais connu la paix.

— La paix ! fit-elle avec un lointain sourire. À fréquenter les Wilson, a-t-on une idée de ce que peut valoir la paix ? Écrire une scène machiavélique est devenu pour vous un acte naturel. Oui, un acte de paix. N'est-ce pas là un message que vous envoyez au monde ?

— Je n'aime pas qu'on décèle des messages à tout propos.

— Mais c'est pourtant ce que tous les auteurs font, non ? Comment expliquer autrement que, lorsque vous observez les êtres, vous soyez toujours à la recherche du pire en eux ?

— Je cherche leur passé.

— Mais si eux le refusent ?

— Je dois aller contre leurs réticences. Je dois les dompter si je veux dompter leurs monstres.

— Pourquoi cet acharnement ?

— Parce que je veux connaître les crimes qu'ils ont commis.

— Vous parlez comme si tous étaient des assassins, protesta-t-elle. Peter Wilson n'a pas fait de crime, nous le savons vous et moi. On ne lui a jamais reproché que son absence, et conséquemment son indifférence. Vous ne pouvez pas rétablir ce destin.

— Aux yeux des siens, il a commis le plus impardonnable des crimes, dis-je.

— Qu'à cela ne tienne, rien ne peut plus être réparé.

— Mais il faut justement que ce destin, comme vous dites, puisse respirer au grand jour. Et vous seule qui l'avez connu pouvez m'aider à savoir qui sont véritablement ses parents.

— Des gens qui ont mille raisons de souffrir.

— Ce sont ces raisons que je veux. Le fait qu'ils souffrent ne m'est pas suffisant pour ravoir Cynthia. Et je ne veux pas que Cynthia soit nourrie indéfiniment de cette souffrance.

— Quitte à raviver tant de mauvais souvenirs ? soupira Gila Rogalska en s'accoudant au garde-fou.

— Quitte à rejouer le cauchemar de Vanessa.

Elle regarda intensément le vide. D'une voix un peu désemparée :

— Qu'allons-nous faire, maintenant que Miss Baldwin n'est plus avec nous ?

Avait-elle dit «Miss Baldwin» à dessein ou par distraction ? Je répondis en forçant ma bonne humeur :

— Nous allons répéter l'arrivée du soldat Knabe.

— À propos, ce soldat... Puisque les Wilson doivent l'attendre, je suppose qu'il existe ?

— Quand donc cesserez-vous de mettre en doute votre propre existence ? dis-je en lui tendant une lettre que j'avais rédigée le matin même.

Elle la prit et l'exposa à travers la lumière. Un sigle apparut dans la texture du papier. Elle ne put cacher son étonnement :

— Comment vous êtes-vous procuré le sceau de ce ministère ?

J'eus une envie soudaine de blaguer :

— Des gens qui ont bien connu Peter Wilson, et qui sont demeurés des amis, m'ont fait parvenir ce papier réservé à de la correspondance officielle.

En réalité, je l'avais commandé chez mon éditeur.

— De l'humour noir, monsieur Wilbraham ?

— Lisez d'abord, et vous me direz si ma lettre est réussie.

— Ne vous ai-je pas déjà dit que tout ce que vous faisiez était valable ?

— Mais je crois que de plus en plus vous êtes capable d'en douter.

Elle parcourut la première phrase.

— Je n'ai jamais rien compris au langage bureaucratique.

— C'est du langage politique, dis-je.

La lettre se lisait comme suit :

Monsieur le Gouverneur Grigor Wilson,
B.P. 4
K&Q, Va

Monsieur le Gouverneur,
Nous voudrions, par la présente, vous signaler que vous n'avez toujours pas accusé réception de notre sollicitation du 9 juillet dernier. Ce retard est sans doute dû à une récente grève de nos postes. Quoi qu'il en soit, nous aimerions vous avertir que le soldat Knabe, dont il était question dans cette lettre, sera de passage à Washington du 23 au 26 août prochain. Il semblerait désobligeant de notre part, étant donné les circonstances actuelles, de vous occasionner ce déplacement. À moins que vous ne nous télégraphiez un avis contraire, ce soldat passera à K&Q le 25 courant, à sept heures du soir. Veuillez excuser le contretemps dû à sa visite, dont on ne saurait trop dire l'importance. Il aura en sa possession les documents confidentiels que vous savez, ainsi que les chèques en blanc du Département Extérieur.

Dans l'attente d'une réponse favorable, veuillez agréer, cher Gouverneur, nos salutations les plus cordiales.

S.T. Feininger,
Secrétaire général

pour
A. Feichtmayer
Ministre de l'Extérieur

C.C. Pentagone — Maison-Blanche.

— À votre place, dit Gila Rogalska, j'aurais peur que les Wilson se méfient. Ils voudront sûrement s'absenter de K&Q jusqu'à la fin du mois.

— Ce sera sans doute leur première réaction. Mais ils resteront à K&Q, pour attendre sagement leur soldat.

— Comme si ces gens n'avaient rien à perdre !

— Lorsqu'on a tant à perdre, on se méfie de tout. Et lorsqu'on se méfie de tout, les petites occasions de se méfier se confondent avec les grandes. À la fin, on ne sait plus trop. Cette lettre aura-t-elle de l'importance dans l'abondant courrier du gouverneur ?

Gila Rogalska montra du doigt la note au bas :

— Cet ajout est tout à fait invraisemblable.

— C'est ce qu'il faut. Voilà de quoi peupler les insomnies de Grigor. Au fond, l'essentiel est que cette lettre provienne d'Angleterre. L'Angleterre est un mot magique pour les Wilson.

— Et ces mêmes amis, je suppose, vont la poster pour vous ?

— Le temps nous presse. Tout dépendra des délais.

— Et sinon ?

— J'achèterai de l'encre et je me débrouillerai moi-même.

— Et qui va se déguiser pour aller leur remettre en mains propres ?

— Écoutez, fis-je impatient, j'ai l'impression que vous me posez ces questions pour mieux me dénoncer plus tard. Aussi bien me laisser tomber maintenant. Et je n'aurai plus qu'à courir chez mon éditeur, ce qui achèvera de faire le désespoir d'un peu tout le monde.

— Alors, je ne pose plus de questions ! dit-elle en riant.

— Au contraire. Vous êtes chargée d'une affaire diplomatique pour laquelle vous devrez poser un tas de questions au gouverneur Wilson.

— Et comment diable pouvez-vous prévoir les réponses de ce dernier ?

— Je n'écris pas les scènes qui ont lieu en coulisse. Les intercoms nous serviront de signaux. Nous conviendrons d'un code qui vous indiquera à quel moment il faudra évoquer certains faits. La coïncidence aura de quoi émouvoir le gouverneur, et je sais dès lors comment il répondra à vos questions, cher lieutenant.

— Vous avez dit ?

— Lieutenant Knabe, soldat d'Angleterre.

— Il y a des femmes soldats là-bas ?

— Est-ce que je sais ? Mais cela ne devrait pas déplaire à un homme d'État américain.

Nous passâmes le reste de l'après-midi à répéter, sans nous soucier de l'absence de Betty Kossmut. Nous nous attendions à la voir reparaître, marchant à pas de souris sur son orgueil, ou revenant à la charge, encore plus fulminante, pour nous démontrer combien son feu sacré la rendait infernale.

Mais ce jour-là et les suivants, elle ne donna aucun signe de vie. Je lui fis parvenir un télégramme auquel elle ne répondit pas. Ses rancunes étaient légendaires, nous le savions, mais pas au point de lui faire abandonner une équipe. Gila Rogalska me proposa néanmoins d'examiner de nouvelles hypothèses : la pièce pouvait-elle reposer sur les épaules du soldat ? À la veille de revoir mon texte dans cette optique, je tentai une dernière chance et j'appelai Betty Kossmut en pleine nuit.

— Je ne dormais pas, dit-elle simplement.

Elle ajouta d'une voix calme et pleine d'assurance :

— J'attendais votre appel.

— Vous avez reçu mon télégramme ?

— Oui. Et vos fleurs. J'ai aussi reçu de mademoiselle Rogalska une lettre de trois pages, un chef-d'œuvre de flagornerie. Mais j'attends toujours qu'on me renvoie mes clés.

— Vos clés ?

— Je les ai laissées chez vous, non ? Ou alors je les ai carrément égarées. Depuis une semaine, je perds tout.

Elle avait relu la pièce et mémorisé son rôle, du moins ce qu'elle avait jugé digne d'être conservé. Quant au reste, elle me donnait quarante-huit heures pour lui remettre une version satisfaisante :

— Je veux un Grigor qui soit solide, une intrigue qui se tienne et une fin définitive, fit-elle d'un ton impérieux. Demain sans faute. Deux semaines de répétitions ne seront pas de trop si nous voulons jouer vos *Scènes d'enfants* convenablement. Et croyez-moi, nous les jouerons samedi le 25 août prochain, à sept heures pile.

La nuit y passa, ainsi que la majeure partie du lendemain. La réflexion de Gila Rogalska me revenait sans cesse : un auteur n'est pas seul quand il écrit. Je travaillai presque vingt-quatre heures de façon ininterrompue, avec rage et dans la paix. Porté par l'euphorie de leur réconciliation, j'entendais tout de même Miss Baldwin et le soldat Knabe s'apostropher en aparté, comme ce serait sûrement le cas au cours de ces laps de temps où Grigor et Léontyne se retireraient pour concocter leur vengeance ou leur fuite. Mes deux acolytes allaient devoir apprendre par cœur leurs malentendus, et j'eus l'inspiration de certains moments de discorde entre nous trois. Placés aux bons endroits, ils représentaient une stratégie supplémentaire pour confondre les deux cerveaux de Léontyne.

Fiction que tout ça : Betty Kossmut et Gila Rogalska n'existaient plus. En levant les yeux je les invoquais et je les appelais Miss Baldwin et lieutenant Knabe. Et je voyais s'imprimer les visages insaisissables d'un frère et d'une sœur aux regards surnaturels, essayant de se rejoindre par la seule force de ces regards, bien qu'un océan de détresse les ait toujours tenus à distance. La présence simultanée de Miss Baldwin et du soldat Knabe dans le jardin des Wilson m'apparaissait déjà comme la plus déroutante des coïncidences. Je frémissais à l'idée que Peter, par les évocations du soldat, et Vanessa, par les réminiscences de Miss Baldwin, allaient fatalement se joindre à nous, innocemment complices, et entrer allégrement dans le jeu. Au fur et à mesure que se dérouleraient ces scènes, les enfants ébahis dans l'au-delà allaient doucement se rendormir dans un grand sommeil radieux.

Je rédigeai le texte final de ma pièce en intercalant entre les différents tableaux des extraits du cahier bleu, là où ils s'étaient imposés lorsqu'en cours d'écriture j'avais dû m'arrêter. Puis je revins, dépaysé, à la première page :

SCÈNES D'ENFANTS

Pièce en un acte

d'après la musique de Robert Schumann

Personnages par ordre d'entrée en scène :

GRIGOR WILSON, 60 ans . . . . GRIGOR WILSON
LÉONTYNE WILSON, 57 ans . . LÉONTYNE WILSON

MISS BALDWIN, 54 ans .... BETTY KOSSMUT
LE SOLDAT KNABE, 37 ans ....GILA ROGALSKA
MARK WILBRAHAM, 34 ans ....MARK WILBRAHAM

La scène est à K&Q, dans le jardin des Wilson. À gauche, une porte donnant sur la bibliothèque. Au fond, au rez-de-chaussée, une porte donnant sur les cuisines. À l'étage, juste au-dessus, la fenêtre de la salle de musique. Au centre de la scène, un bassin de pierre.

Nous sommes le samedi 25 août 1984. La pièce commence à sept heures du soir.

Je dactylographiai un dernier feuillet :

Pour Peter, Vanessa et Cynthia
avec mon amour infini

Une grande femme svelte retouchait sa coiffure, ce 25 août 1984, lorsqu'à sept heures pile on sonna au rez-de-chaussée. C'était jour de congé pour la bonne. Léontyne descendit l'escalier pour ouvrir. Elle s'attendait à l'arrivée d'un soldat. Mais une minute plus tard elle parut au jardin, chancelante comme une femme ivre, pour murmurer en direction de son mari :

— Grigor... Tu ne devineras jamais qui nous arrive !

— Mais comment veux-tu que je le sache ?

Il n'avait jamais vu sa femme dans un pareil état d'hébétude. Un peu stupéfait lui-même, il dévisagea l'inconnue d'une soixantaine d'années qui se tenait dans l'entrée du jardin, à gauche d'un bosquet. Léontyne articula d'un ton qui se voulait démesurément calme :

— Grigor, c'est Miss Baldwin. Te souviens-tu de Miss Baldwin ?

Grigor, qui avait déjà subi deux infarctus, sentit une douleur immédiate au bras gauche. Il rattrapa son souffle et se mit à rire :

— Enfin, Léontyne, tu sais bien que c'est impossible !

— Non, répondit-elle. Regarde-la. C'est bien Miss Baldwin. Moi, je la reconnais.

Cette fois, il se sentit défaillir. Il lui fallut de longues minutes avant de retrouver son aplomb.

— Excusez l'étonnement de mon mari, Miss Baldwin. La moindre surprise l'ébranle, lui dont le cœur n'est plus tellement en santé. Vous savez qu'il est toujours en politique ? Pour des raisons hors de notre volonté, un émissaire anglais devra nous visiter tout à l'heure. Nous pensions que c'était lui quand vous avez sonné.

Miss Baldwin se lança dans un chapelet d'excuses :

— Oh, oh, si vous saviez ! Si vous saviez comme je m'en veux, madame Wilson ! Quelle idée aussi j'ai eue ! Je m'étais pourtant bien mise en garde de ne pas m'aventurer. Mais ç'aura été plus fort que moi. J'avais envie de cette balade, et voilà ! Le hasard veut que j'aie cette panne au bas de la côte. Vous pouvez vous figurer ma surprise lorsque j'ai reconnu ces lieux ! Ah, mais si vous saviez comme je m'en veux !

— Mais non, je vous en prie.

— Dire que j'ai si longtemps hésité avant de sonner !

— Il ne fallait pas, voyons !

— Et pourtant, je lis sur votre visage que je tombe mal.

Grigor s'interposa entre elle et Léontyne :

— Excusez notre stupeur, Miss Baldwin, mais nous nous attendions si peu à vous revoir, après tant d'années !

Miss Baldwin avala et repartit de plus belle sur un coup de glotte :

— J'ai changé beaucoup, je le sais. Il y a eu d'abord cet accident, de longs mois dans le coma, suivis de toute une chirurgie, pour effacer le pire, et puis une longue convalescence... Mais je suis là qui m'embrouille, et je ne vous ai même pas demandé comment vous allez.

— Nous allons bien, mais dites-nous...

— Et Vanessa ? Donnez-moi de ses nouvelles !

— Dites-nous d'abord comment il se fait que vous soyez revenue par ici, demanda Grigor. Nous vous pensions...

Léontyne attrapa la phrase au vol :

— ... nous vous savions à l'étranger, et nous sommes absolument ébahis.

— Ah, comment vous dire ! C'est une histoire tellement incroyable que je vous comprendrais de ne pas y ajouter foi. Par où commencer ?

Le début est si abracadabrant ! Écoutez, ma voiture est en panne au bas de la côte.

— Vous étiez seule ? demanda Léontyne.

— Oui. Déjà qu'on m'interdit de conduire. Ma vue est si mauvaise. J'ai marché jusqu'ici sans savoir si ces choses-là se font. Lorsque j'ai regretté mon geste, j'avais déjà sonné à votre porte. Oh, si vous saviez comme je m'en veux !

— Mais non, rassurez-vous ! fit Léontyne avec un brin d'impatience. Voulez-vous boire quelque chose ?

— Oh, c'est gentil. Mais pas d'alcool. Il m'est contre-indiqué.

Grigor murmura encore une fois : «C'est incroyable.» Cette fois, Léontyne lui cloua le bec :

— Enfin, tu vois bien qu'elle est revenue !

Elle sortit la tête haute, pour cacher dans la dignité son trouble. Resté seul avec Miss Baldwin, Grigor lui offrit une chaise.

— Vous allez maintenant me raconter votre histoire, dit-il.

— À quoi bon ? Il suffit que j'ouvre la bouche pour me mettre à tout confondre.

— Ah ? Des séquelles de votre accident ?

Miss Baldwin eut une petite convulsion à l'œil droit. Elle ralentit quelque peu son débit :

— Oui. Mais je ne devrais pas m'en plaindre. Tous étaient d'avis à l'époque que je n'allais pas survivre. Encore aujourd'hui, plusieurs prétendent en me voyant que je suis un miracle.

— C'est aussi mon opinion.

— Mais il ne faut pas que j'y pense. Dites-moi plutôt si Vanessa va bien. Elle doit avoir, mon Dieu, vingt-cinq ans, je suppose ?

— Elle en aurait vingt-huit, dit Grigor sans aucune émotion.

— Oh ! Vous ne voulez pas dire, n'est-ce pas... ?

— Qu'elle est morte, oui.

Les yeux de Miss Baldwin, déjà laids, se plièrent dans une expression de torture. Grigor lui tapota la main :

— Vous qui l'avez bien connue, vous devez vous rappeler que c'était une enfant fragile ?

— Oui je me souviens. Une poupée de porcelaine. Un petit être terrassé qu'un rien affolait. Oh, monsieur Wilson ! Qu'est-il donc arrivé ?

Grigor parut hésiter entre la vérité et le mensonge.

— À vrai dire, sa fragilité s'est accentuée au fil des ans. Le mariage en cela n'a pas arrangé les choses.

— Je vois, dit Miss Baldwin. Je suis sûre qu'on a profité de sa bonne foi. J'ai toujours eu cette intuition, au fond, que quelqu'un allait abuser d'elle un jour. Mais je parle, je parle, et je me trompe peut-être ?

— Non, répondit Grigor. Je reconnais bien votre perspicacité. Plusieurs années après votre accident, Vanessa a rencontré un certain Mark Wilbraham, assez connu dans le milieu du théâtre. Mais il s'est fait connaître aussi à cause d'un procès, où nous avons également été cités.

— Vous n'étiez pas d'accord avec ce mariage ?

— Ce n'est pas la question. D'ailleurs nous pensions, ma femme et moi, qu'ils s'aimaient. Mais lui ne menait pas une vie irréprochable. Son métier l'entraînait dans toutes sortes d'excès. Et certains de ces excès ont fait la manchette dans les journaux. Enfin, cela vous donne une idée du personnage. Notre fille en a été ébranlée au point de suivre des traitements. Nous avons dû intervenir au bout d'un an. Et nous avons finalement gagné ce procès pour obtenir la garde de leur enfant.

— Ah ? Parce qu'ils ont eu un enfant ?

— Oui. Une petite fille.

L'évocation de cette petite fille suscita un rire saccadé chez Miss Baldwin, qui n'avait jamais su démontrer de la tendresse autrement qu'en s'aiguisant les nerfs.

— Oh, comme je voudrais la voir ! Elle habite ici, si j'ai bien compris ?

— Oui, mais à cette heure-ci, elle dort, dit étourdiment Grigor.

— À cette heure-ci ? Mais il n'est pas si tard !

Il se reprit :

— Elle est un peu souffrante. Et le docteur Coxcroft lui a administré un sirop en nous recommandant de la laisser dormir.

— Je vois, dit Miss Baldwin en ajoutant dans un soupir : Cynthia ! Quel joli nom !

— Comment savez-vous qu'elle s'appelle Cynthia ?

— Mais vous venez de me le dire.

Il ne put cacher son énervement, mais il tâcha aussitôt de le déguiser :

— Ah oui ? Peut-être, en effet.

Miss Baldwin fit le plus naturellement du monde :

— Et vous m'avez aussi donné le nom du docteur.

— Est-ce vrai ?

— Oui. Le docteur Coxcroft.

— Vous avez raison, dit-il en écarquillant les yeux. Je nomme les gens sans trop m'en rendre compte.

Ni l'un ni l'autre n'avaient remarqué un voyant rouge s'allumer près de la porte patio. Non plus qu'ils ne le virent s'éteindre. Léontyne parut avec des verres. D'un ton maussade, elle apostropha son mari :

— De qui parlais-tu ?

— De Cynthia. Miss Baldwin me faisait remarquer que...

Elle le coupa avec des lances :

— Tu parlais de Cynthia ? Ma parole, Grigor, je ne peux pas te laisser deux minutes sans que tu te mettes à parler de Cynthia.

— Pourquoi ne peut-il pas en parler ? demanda Miss Baldwin, étonnée.

— Il en parle déjà abondamment le matin et le midi. S'il se met maintenant à en parler le soir, il ne sera plus jamais question que d'elle.

Grigor protesta :

— Je ne peux plus parler d'elle le soir, maintenant ?

— Mon cher, dit Léontyne, rappelle-toi ce dont nous étions convenus.

— Cela valait pour le soldat, mais pas pour Miss Baldwin.

— Cela vaut pour *tout le monde*. Ah, tu es oisif et tu nous accapares.

Miss Baldwin intervint dans un élan pour ménager la chèvre et le chou :

— Il ne m'accaparait pas. Et j'étais justement en train de lui dire que je souhaitais voir Cynthia.

Léontyne déclara, sûre d'elle :

— Il a dû vous expliquer que c'est malheureusement impossible.

— Oui, et je n'ai pas insisté.

— Nous nous apprêtions déjà à changer de sujet, ajouta Grigor.

Et Léontyne, qui n'aimait pas capituler, plongea au cœur du malentendu :

— Elle est partie jouer chez des amis.

Il y eut un long silence, où les trois balayèrent le sol de leurs yeux. Seule Léontyne souriait en sirotant son alcool. Sentant qu'il sombrait doucement dans le ridicule, Grigor ne put s'empêcher de revenir sur la question :

— Voilà ce qu'elle croit, dit-il à Miss Baldwin.

Cette dernière s'agita dans une quinte de toux. Léontyne bondit :

— Qu'est-ce que je crois ?

— Je vais te dire la vérité, fit-il d'un ton conciliant. Cynthia est souffrante.

La voix de Léontyne monta encore d'un cran :

— Comment, elle est souffrante ? Elle est partie jouer chez des amis. C'est moi-même qui suis allée la conduire. Et elle était pleine d'entrain.

— En apparence, mais...

— Qu'est-ce que tu racontes ?

— Je te dis que...

— Et moi je te dis que ta version contredit la mienne. Excusez-nous, Miss Baldwin, mais mon mari et moi avons au moins trois malentendus par jour au sujet de cette enfant, conclut-elle en levant son verre. Tenez, à votre santé ! Et maintenant, racontez-moi cette histoire rocambolesque qui vous est arrivée.

Trop heureuse de passer à un autre sujet, Miss Baldwin mit de l'énergie pour amplifier son cas :

— Comme je vous l'ai dit, vous risquez de ne pas me croire.

— Voilà qui a peu d'importance, dit Léontyne. De toute façon, je ne crois en rien. Je sais bien que votre histoire est invraisemblable. Votre seule présence ici suffit à me faire douter de moi-même. En d'autres mots, excusez ma franchise, je vous croyais morte.

Il y eut un nouveau silence, que Miss Baldwin interrompit pour déclarer tout bas :

— Plusieurs l'ont cru. Une presse à sensation, à l'époque, avait rapporté cette version de l'accident.

— Mais ce n'était pas la version officielle ? demanda Grigor.

— Je ne sais pas. Peut-être. Je n'ai jamais voulu voir ces articles. N'ayant aucune mémoire des faits, j'aurais peur que ces extraits de journaux me plongent dans un cauchemar sans fin.

Grigor se tourna vers Léontyne. Avec insistance :

— Tu as entendu, Léontyne ? Elle n'a aucune mémoire de l'accident.

— J'ai entendu, Grigor. Mais elle se souvient de nous. N'est-ce pas, Miss Baldwin ?

— Naturellement. Je me rappelle avec précision cette époque où j'enseignais le piano à Vanessa.

— C'était une belle époque en effet. Mon mari menait le Sénat contre les intempéries, où Républicains et Démocrates ne ménageaient pas leurs attaques. Mais moi j'aimais bien la vie sénatoriale de ces années-là. Que ce fût au pouvoir ou dans l'opposition. Chaque jour éclatait un nouveau scandale. C'était aussi l'époque des émeutes. Où qu'on allât, des bâtiments risquaient de sauter, et je ne faisais pas trois pas sans mes gardes du corps. Dommage. Oui, dommage que ce temps soit révolu. Et nous vivons maintenant un peu de souvenirs, un peu de mélancolie, et un peu de la lenteur du temps. En vérité, nos journées sont faites de peu.

Léontyne inclina la tête pour mieux voir cette période d'émeutes dans l'amas de ses souvenirs. Elle testait ainsi sa mémoire, pour ensuite mettre à l'épreuve celle des autres. Des secondes s'écoulèrent. On sonna à la porte. Léontyne se leva et dit :

— Ce doit être notre soldat.

Extrait du cahier bleu

La leçon de piano venait de débuter lorsque Grigor entra dans la maison. Victorieux, il clama :

— Je suppose que tout le monde a appris la nouvelle !

Il était aux environs de huit heures. Léontyne parut en haut de l'escalier. Elle lui répondit du tac au tac :

— Allons nous asseoir. Moi aussi j'ai une nouvelle pour toi. Notre fils Peter est mort.

Je n'eus jamais autant le trac que lorsque Léontyne, aussi parfaitement stoïque qu'elle devait l'être d'après son texte, me fit passer au jardin en annonçant :

— Grigor, encore une fois tu ne devineras jamais qui nous arrive !

— Mark ! s'écria-t-il, interloqué.

— Eh oui, notre cher gendre en personne ! Dont la voiture est venue s'échouer sur nos rivages.

Miss Baldwin était assise sur la chaise du milieu. Je la sentis si coincée que j'hésitai à me présenter. Léontyne se chargea de cette corvée. Elle conclut en disant :

— Hasard, hasard, voici trois fois le hasard.

— Comme c'est drôle, dit Miss Baldwin. Vous avez eu, vous aussi, une panne de voiture ?

— Non. Je rentrais de Richmond et j'ai eu envie de m'arrêter en passant, bien que je préfère toujours m'annoncer. Mais il fait si beau, et je me suis dit que Cynthia aimerait peut-être faire une balade.

— Elle est chez des amis, trancha Léontyne.

— Ce n'est pas grave. Et je n'ai surtout pas l'intention de vous déranger.

— Voulez-vous boire quelque chose ?

— À condition que ça ne...

— Milk punch ou whisky ?

— Whisky.

Léontyne prit congé une fois de plus en expliquant d'un ton railleur :

— La bonne vous demande d'excuser l'hôtesse.

Au bout de dix secondes, le voyant rouge s'alluma dans l'air entre chien et loup. Je remarquai à haute voix qu'il allait bientôt faire nuit. Mon beau-père et Miss Baldwin furent du même avis. Léontyne allait-elle contester nos dires ?

Miss Baldwin se hasarda la première :

— Ainsi, vous avez bien connu Vanessa ? Mais je suis peut-être sotte de vous poser la question.

— Pourquoi ? dis-je. Vanessa était ma femme, et nous avions de bons rapports.

— Elle avait une santé fragile, me suis-je laissé dire.

— C'est un fait. C'est-à-dire... enfin... J'ignore ce qu'on vous a dit.

— Des choses qui concordaient avec le souvenir que j'ai gardé d'elle. Vanessa était une enfant fébrile que le moindre reproche pouvait rendre malade.

— Oui, dis-je. Je suppose qu'il n'était pas facile de lui enseigner le piano.

— Je devais faire usage d'une psychologie particulière.

Léontyne referma l'intercom et revint parmi nous. N'ayant manqué que la dernière phrase de l'entretien, elle enchaîna :

— Mais elle était douée, n'est-ce pas, Miss Baldwin ?

— Autant qu'il m'en souvienne, douée est un euphémisme. Je demeurerai persuadée jusqu'à la fin de mes jours que cette enfant avait du génie.

— Et c'est pourquoi, ajouta Léontyne, je continue de penser que nous aurions pu la pousser davantage. À votre santé, mon cher gendre. Beaucoup d'activités en vue pour l'automne ?

J'eus la certitude à ce moment-là que Léontyne avait détecté du démon dans l'air. Je répondis :

— Plusieurs projets, oui.

— Mais encore ? Votre dernière pièce, tenez. Elle traite de quoi ?

— De parents qui vont jusqu'au bout du monde pour se faire des aveux.

— Ma foi, ils vont bien loin. Pourquoi au bout du monde ?

— Pour ne pas que leurs enfants entendent.

— Ces enfants ont de si bonnes oreilles ?

— Si bonnes qu'ils entendent même lorsqu'ils dorment. Et ils sont si doués qu'ils comprennent les langues étrangères. Leurs parents n'ont plus le choix. Ils doivent aller au bout du monde, sur une falaise. Malgré tout, les enfants les entendent et les parents le savent.

— Pourquoi écrire de telles histoires ? demanda Léontyne avec irritation. Vos idées sont toujours aussi tarabiscotées, mon cher. Vos récits sont impossibles et vos personnages ne tiennent pas debout.

— Ce n'est encore qu'un projet, dis-je.

— Oui, ce qui m'épate chez les artistes, c'est cette aptitude qu'ils ont à vivre de projets, déclara Léontyne en donnant l'impression de s'adresser à un auditoire.

— Quelqu'un qui écrit ne doit pas songer à ce qu'il mangera le lendemain, dit Miss Baldwin.

— Ha ! Mais à quoi doit-il songer ? À rien d'autre que l'art ?

Miss Baldwin fit semblant d'ignorer le sarcasme :

— L'art, tout dépend. Rien n'est aussi rose, n'est-ce pas, monsieur Wilbraham ? Tous ces crimes qu'il y a dans vos pièces, vous devez quelque part les méditer ?

— Je suis flatté de voir que vous connaissez mes pièces, dis-je. Ainsi, vous aimez le théâtre ?

— Oui, c'est le divertissement que je préfère.

Elle s'empressa d'ajouter :

— Bien sûr, j'y vais rarement. Ma vue est si mauvaise ! Mais j'ai lu presque tous vos livres à la loupe. Ce personnage de la meurtrière dans cette pièce qui parle de Little Italy, ne vous êtes-vous pas senti immoral en le concevant ?

— L'actrice qui jouait ce rôle allait plus loin que moi : elle devait vivre ce personnage.

— Ah, fit-elle dans un sourire ambigu. Ce devait être un cauchemar pour elle.

— Cela aurait pu le devenir, si elle n'avait pas joué la pièce jusqu'au bout.

J'y avais mis la plus brutale des intentions. Miss Baldwin fut secouée d'un rire volontairement hystérique :

— Ha ! On croirait que c'est le diable qui parle.

— Je trouve ce sujet macabre, fit la voix tranchante de Léontyne.

— Vous dites ?

— Fiction que tout ça ! Changeons de propos.

On sonna à la porte. Grigor se réveilla en sursaut :

— Mon Dieu, Léontyne, le soldat !

La nouvelle assassina le père. Il s'effondra sur une chaise, mais une seconde plus tard, il se leva pour donner libre cours à la pire colère de sa vie :

— Comment oses-tu m'annoncer cela aujourd'hui ? Ma parole, il serait mort avant-hier que tu aurais attendu à aujourd'hui pour me le dire. Il n'y a que toi pour me gâcher ainsi l'existence. Peter est mort ? Peter est mort ? Mais il y a seize ans, dans ma tête, qu'il est mort. Oh, comme tu prends plaisir à me nuire, Léontyne !

— Il était aussi mon fils, dit-elle d'une voix éraillée.

— Comme si nous n'avions pu nous passer d'une pareille saloperie aujourd'hui !

— Enfin, Grigor, tu ne vas pas me dire que sa mort ne te cause aucun chagrin ?

Il hurla :

— Du chagrin ? Je n'ai jamais eu si honte !

Elle parvint à l'adoucir. Ils s'installèrent à table. Venant de là-haut, mais on aurait dit de très loin, les *Scènes d'enfants* recommençaient sans cesse. Grigor demanda en suffoquant :

— L'as-tu dit à quelqu'un d'autre ?

— Pas encore.

Ce «pas encore» fit de l'écho.

Il avait passé sa vie, cet édifice, à en éprouver les fondations. Pour la première fois, une faille venait d'apparaître. Il conçut un projet. Laborieux mais efficace.

— J'ai besoin d'au moins dix jours.

— Impossible, tu le sais bien, répondit Léontyne, effrayée.

— Dix jours. C'est le minimum qu'il faut pour empêcher que ce décès nous nuise.

Elle le menaça de se charger toute seule de l'annoncer. Il fut saisi de convulsions :

— Jamais, tu m'entends ? Jamais il ne faudra parler de lui sans que nous ne nous consultions d'abord.

Un temps précieux de réflexion s'imposait. Revenu du choc, Grigor se trouvait aux prises avec la seule réalité qui l'ait jamais harcelé depuis la naissance de ce fils. Ayant plusieurs fois pressenti qu'il devrait un jour en annoncer la mort, il se rendit compte ce soir-là que, pour ce faire, il devrait commencer par en annoncer l'existence.

— Mon Dieu, le soldat Knabe ! Qu'est-ce que nous allons faire, Léontyne ?

— Mais nous allons le recevoir, quelle question !

Je profitai de cette nouvelle sortie de Léontyne pour prendre Miss Baldwin à part :

— Le téléphone ! Que faites-vous du téléphone ?

— Je sais, dit-elle avec précipitation. J'allais lui demander la permission, mais vous êtes arrivé une minute trop tôt.

— Où avez-vous la tête ?

— Je ne sais plus.

— Il fallait improviser ! Comment voulez-vous qu'elle croie à votre aventure, si vous n'êtes pas plus pressée de trouver un mécanicien ?

— Je vais tâcher de me reprendre, dit-elle avec contrition.

— Non, surtout pas ! dis-je. Vous risqueriez de tout gâcher.

Je jetai un coup d'œil en direction de Grigor. L'expression épouvantée de son regard nous indiqua qu'il avait entendu nos sept dernières répliques. Il vint pour placer un mot mais au même instant Léontyne reparut au jardin, aussi chancelante, et peut-être davantage, que les deux fois précédentes. Un nouveau spectre aurait sonné à la porte qu'elle ne l'eût pas annoncé avec plus d'appréhension :

— Grigor, le soldat Knabe est arrivé.

— Oh !

Ce soldat, maintes fois espéré, était certes le plus élégant de tout le Royaume-Uni. Il portait un tailleur magnifique, aux couleurs sobres qui s'accordaient à la teinte du cuir de ses gants et de son porte-documents. Il répondait au nom de Jessica et déclara d'une voix limpide qu'on pouvait l'appeler Lieutenant Knabe, prononcé en trois syllabes : Ké-na-bi. Grigor dévisagea le soldat d'un air à la fois stupéfait et bienheureux.

— Lieutenant Knabe ! Si je m'attendais à cela.

— Je sais. Je suis habituée à ce que les gens sursautent en me voyant. Et comptez-vous chanceux que je ne sois pas en mission ordinaire, car je serais obligée de porter mes bottes et mon képi, et de vous faire d'interminables saluts militaires en vous envoyant des «Mon colonel» par-ci et des «Mon colonel» par-là !

— Mais je ne suis pas colonel.

— Là où il y a des soldats, il y a, si j'ose vous contredire, des colonels.

Ce soldat avait une voix élégiaque même si certaines de ses phrases finissaient avec une pointe de sécheresse. Les deux aspects de sa personne cohabitaient avec distinction, respectueux l'un de l'autre, hors de toute confusion.

Grigor lui demanda d'un ton exagérément intrigué :

— Et vous dites que vous n'êtes pas en mission ordinaire ?

Le soldat Knabe baissa la voix :

— Secret d'État. Je ne pourrai vous parler que quand nous serons seul à seule.

— En ce qui me concerne, déclara Léontyne sans trop paraître offusquée, vous pourrez bien déballer votre jargon en ma présence. Pour moi, tout ce qui se rapporte à la politique est du chinois.

Grigor la coupa :

— Figurez-vous une chose incroyable, lieutenant. Nous n'avons reçu qu'une seule lettre, celle qui annonçait votre arrivée. Or cette lettre écrite à mots couverts faisait allusion à un envoi précédent, assurément confidentiel, dont nous n'avons jamais retrouvé la trace.

Sans trop paraître déconcerté, le soldat murmura en fronçant le sourcil :

— Vous dites ?

— La vérité pure, déclara Léontyne.

Le soldat répondit avec flegme :

— Soyez assurés que le Ministère sera mis au courant de ce fait extraordinaire.

— Dites plutôt cette «incongruité», fit Léontyne d'une voix pleine de réprobation. Du reste, le Ministère s'en doute, cher lieutenant. En voici la preuve.

Elle tendit la main vers Grigor qui sortit l'enveloppe de sa poche. Léontyne prit la lettre, la déplia avec soin et la présenta au soldat en pointant un passage souligné.

— Ah, ces grèves sont une calamité en Angleterre ! conclut le soldat après avoir lu. Il s'agit, comme vous dites, d'une impardonnable incongruité pour laquelle il va de soi que vous recevrez des excuses officielles. Au risque de couvrir ces bureaucrates de ridicule, je vous avouerai que le gouverneur Wilson est le second pour qui cette aberration se produit. Vous m'en voyez profondément contrariée.

— Il n'y a pas de quoi, fit Grigor que tout ce préambule ennuyait.

— Si, il y a de quoi, protesta Léontyne. Il s'agit d'un impair.

Le soldat se tourna vers elle :

— J'en suis d'autant plus malheureuse que je vous dois d'insipides excuses pour mon retard. Vous ne m'attendiez plus, je suppose. Des agents de la sécurité nationale étaient à mes trousses ! Un malentendu provenant de ce que mon nom est allemand. J'ai eu beau leur expliquer que la personne qu'ils recherchaient avait sans doute pris un autre avion, ils ont dû vérifier deux fois mon passeport et entrer en contact avec le bureau d'Immigration pour obtenir l'autorisation de me relâcher. Le hasard voulait que cette demoiselle Knabe ait emprunté l'identité d'un soldat en voie d'être nommée lieutenant. Imaginez l'imbroglio! Au bout de pourparlers qui ont duré plus d'une heure, une ultime vérification de mes papiers leur a permis de constater que la demoiselle recherchée s'était bel et bien envolée et que j'étais, quant à moi...

Grigor l'interrompit en me montrant du doigt :

— Mon gendre, Mark Wilbraham.

— Ravie de vous connaître.

— Enchanté.

Léontyne présenta Miss Baldwin :

— Une vieille amie, dont l'histoire est aussi alambiquée que la vôtre.

Le soldat avait un certain goût du bluff. Il dit à Miss Baldwin :

— Il me semble vous avoir déjà vue quelque part.

— Ah ?

— Au théâtre, non ?

— Je ne vais jamais au théâtre. Ma vue est trop mauvaise.

Grigor interrompit leur jeu :

— Je présume, cher lieutenant, que votre temps est compté et que vous avez plusieurs choses à discuter avec moi ?

— Nous avons en effet un emploi du temps chargé.

— Dans ce cas, dit Léontyne, voulez-vous que je vous installe à la bibliothèque ? Ou préférez-vous le crépuscule ?

— Nous aurons sans doute besoin de lire, répondit le soldat. Rentrons donc, si vous le permettez.

Léontyne les conduisit à la bibliothèque. Je me trouvai seul à nouveau avec Miss Baldwin. Nous eûmes donc le loisir de répéter notre scène préférée.

— Venez, Miss Baldwin. Vous avez une bonne mémoire des lieux ? Allons dans la salle de musique et jouez-moi quelque chose.

— Oh, je crains d'être un peu rouillée, dit-elle avec modestie.

Tout en parlant, nous nous acheminâmes sur la pointe des pieds vers l'intérieur de la maison. Nous contournâmes rapidement les cuisines et montâmes par l'escalier central à la salle de musique. Miss Baldwin écarquilla les yeux devant les merveilles qui s'exposaient à sa vue, mais je compris que cet ébahissement provenait d'un assaut de souvenirs à la fois douceâtres et morbides. Nous nous arrêtâmes sur le seuil. Miss Baldwin reprit sa dernière réplique :

— Oh, je crains d'être un peu rouillée, dit-elle avec modestie.

— Cela n'a pas d'importance. Je ne vaux rien dans ce domaine. J'ai un profond respect pour la musique, sans pour autant en connaître les fondements. Je ne saurais juger les interprètes.

— Malheureusement, c'est un domaine où moi, je ne peux pas me fier aux apparences. Et je serais malheureuse de passer pour médiocre aux oreilles du soldat.

— Je vous en prie, Miss Baldwin. Jouez-moi quelque chose. Tenez, interprétez-moi ces morceaux injouables de Liszt.

Elle poussa un cri :

— Vous me demandez l'impossible, si vous saviez !

— Alors, jouez-moi quelque chose de plus simple. Connaissez-vous les *Scènes d'enfants* ?

— Là encore, vous me parlez d'une pièce horriblement difficile à exécuter. Et je ne pourrais pas, même devant quelqu'un qui prétend connaître superficiellement la musique, les jouer sans commettre d'erreurs.

— Mais j'ai toujours pensé qu'elles avaient été conçues à l'intention des enfants ?

— Pour être *entendues* des enfants. C'est toute la nuance. Encore que Schumann les a écrites pour sa femme.

— Mais n'avez-vous pas enseigné ces *Scènes d'enfants* à Vanessa quand elle avait huit ans ?

Miss Baldwin se mordilla les lèvres avant de répondre :

— Il y a longtemps, oui. Et je n'avais probablement pas la maturité nécessaire pour comprendre leur extrême difficulté d'*interprétation.*

Elle donna un poids presque démesuré à ce dernier mot. Nous vîmes au même instant le voyant rouge s'allumer dans la pièce. Je l'entraînai, mine de rien, près de l'intercom :

— Je vous le demande, s'il vous plaît, jouez-moi les *Scènes d'enfants.*

— C'est impossible. Je n'ai plus la technique que ces pièces exigent.

— Miss Baldwin ! Vous mentez.

Sa voix se fit suppliante :

— Non, c'est impossible, je vous le jure. Dans Schumann, une fausse note et tout s'effondre !

Je fis alors un volte-face qui dut achever de confondre Léontyne. Du ton le plus brusque :

— Est-ce qu'il va falloir qu'on vous paie davantage, Miss Baldwin ?

— Mon Dieu, que voulez-vous dire ?

— Vous me comprenez très bien. Jouez. Jouez au moins les premières mesures.

Elle déclencha des larmes dans sa voix :

— Oh, pour l'amour du ciel ! Pensez à la réaction de ces gens !

— Miss Baldwin ! Je vous l'ordonne !

— Cela suffit, monsieur Wilbraham, fit-elle aussi dans un effort d'autorité. Ce que vous me demandez est au-dessus de mes forces. Et il était spécifiquement convenu que...

Je criai :

— Qu'est-ce que vous dites ?

Elle enchaîna avec des pleurs :

— Je vous en supplie. J'aimais trop Vanessa pour faire aujourd'hui une chose pareille. Et ces gens me terrifient. Ils seraient capables de me faire un procès à moi aussi.

Elle s'interrompit pour chuchoter, d'un air tout à coup épouvanté :

— Mon Dieu ... Avez-vous vu ?

— Qu'est-ce qu'il y a ?

— Cette lumière. On dirait que l'intercom est en marche. Il y a quelqu'un qui nous écoute. Oh, nous allons regretter notre imprudence !

La lumière s'éteignit aussitôt. Il était plus que temps. Notre scène ne comportait pas une réplique de plus !

— Sortons vite d'ici, dis-je.

Nous eûmes, le temps d'une brève plongée par la fenêtre, une vision étonnante de Léontyne, seule dans la pénombre du jardin, en train de s'arracher les cheveux. Cependant, ce fut une grande femme svelte, l'air à peine accablé, qui nous accueillit une fois que nous fûmes redescendus.

— Où étiez-vous donc ? Ma foi, je vous croyais partis.

— Miss Baldwin et moi sommes montés à la salle de musique, dis-je sur la défensive.

— Et pour y faire quoi ? demanda-t-elle avec détachement. Je vous l'ai dit : Cynthia est partie jouer chez des voisins.

— Monsieur Wilbraham voulait que je lui parle du rôle de la musique dans le romantisme, répondit Miss Baldwin.

— Ah... oui... Belle période de l'humanité. Mais comment se fait-il que je n'aie pas entendu le piano ?

— Nous discutions.

— Et vous-même, vous faisiez quoi ? dis-je en espérant que Léontyne nous relance sur les affaires de son mari.

— J'écoutais à l'intercom ce qui se dit à la bibliothèque. Vous comprenez, mon mari est d'une nervosité telle que je crains parfois que ses paroles irréfléchies lui nuisent.

Elle alla jusqu'à solliciter notre complicité pour nous poster avec elle à côté de l'intercom. On y parlementait dans la plus haute confidentialité :

— Voici donc la stratégie que je vous propose, fit le timbre à la fois officiel et voluptueux du soldat Knabe. Votre nomination est le résultat d'un suffrage exprimé par le Département des Sciences politiques conjointement avec le Ministère des Affaires diplomatiqes, lequel Ministère, créé par les lois de 1972 afin de coordonner l'administration du C.R.S.A. et les différents secteurs du cabinet travailliste, a dû ratifier au cours de son dernier sommet un amendement à l'Accord germano-britannique dont les opérations principales visaient, comme vous le savez, à assurer un sain équilibre dans le jeu des alliances et des intérêts au sein du Commonwealth. Or le conseiller de la législation a manifesté son désaccord avec la réforme proposée par son attaché d'ambassade au cours d'une instruction adressée à un émissaire de Madame Thatcher, qui était à la fois, soit dit entre parenthèses, négociateur dans le conflit qui opposait... Est-ce que vous me suivez, monsieur le gouverneur ?

— Oui, oui, bien sûr, dit la voix de Grigor. Cette affaire m'intéresse au plus haut point.

— J'attire votre attention sur la suite, car ce que j'ai à vous révéler est un peu moins limpide.

Léontyne coupa le contact avec un ostensible dédain. Miss Baldwin remarqua :

— Vous chancelez, dirait-on.

— Ce n'est rien, répondit-elle. J'ai pris, pour me calmer les nerfs, une dose modérée de «Sérénitol», et tout va maintenant pour le mieux. Seulement, ne vous étonnez pas de me trouver languide.

Miss Baldwin enchaîna aussitôt :

— Je me suis servie de votre téléphone, madame Wilson.

— Quand ?

— Il y a deux minutes.

— Ah... Et alors ?

— Oh, soupira Miss Baldwin. Je fais des efforts pour ne pas me mettre dans tous mes états.

— Pas encore une histoire abracadabrante ?

Elle fit de grands oui.

— J'ai peur de devoir vous importuner pour le reste de la soirée, et possiblement jusqu'à demain.

Léontyne tressaillit. Retrouvant son sang-froid, elle parvint à dire :

— Mais vous êtes notre invitée, Miss Baldwin. Ce ne sont pas les chambres qui manquent dans cette demeure.

— Je n'en finirai donc jamais d'accumuler des dettes à votre égard !

— Des dettes ?

— Songez à tout ce que vous m'avez donné par le passé.

Avec puissance, Léontyne sortit de ses gonds :

— Je vous aurais gré de ne pas parler du passé, Miss Baldwin.

Je choisis cet instant délicat pour faire une première allusion au bassin.

— Trouvez-vous, Miss Baldwin, vous qui avez un recul de vingt ans, que ce jardin est demeuré sensiblement le même ? Depuis que je connais cet endroit, il me semble que rien n'a changé, sauf peut-être certains détails de la végétation.

Nous nous étions rassis autour de la table.

— Vous avez raison. Chaque chose se trouve à la place connue.

Je dis comme n'importe quelle phrase :

— Ce bassin existait déjà lorsque vous avez acheté la maison, n'est-ce pas, madame Wilson ?

Il n'y eut presque pas de silence.

— Absolument.

— Drôle qu'on n'en parle jamais.

Léontyne ricana nerveusement :

— Pas plus qu'on ne parle des chaises ! Et vous avez remarqué ? Cette clôture au fond du jardin ne vient jamais sur le tapis, elle non plus.

Elle prit un respir, puis se ressaisissant :

— Vous ne pouvez pas comprendre, Miss Baldwin. Mon gendre me relance toujours sur ce sujet absurde. Il fait allusion à une très ancienne plaisanterie qui n'a jamais eu de sens que pour nous deux.

Et à quelques variantes près, Léontyne lui répéta l'histoire des chats et des mésanges.

— Je ne vois là rien de drôle, conclut Miss Baldwin.

Léontyne dut s'apercevoir en effet que son récit sonnait encore plus faux que d'habitude. Effets du «Sérénitol» ? En deux phrases, elle bascula dans la névrose totale :

— Et pourquoi ? Dites donc une fois pour toutes pourquoi l'on devrait incessamment parler de ce bassin ?

Miss Baldwin sursauta :

— Mais voyons, madame Wilson ! Dans quel état vous vous mettez ! Quelque chose ne va pas ?

— Demandez-le à mon gendre !

— Me demander quoi ? protestai-je.

— Vous me poussez à bout, Wilbraham. Je ne sais pas ce qui vous incite à revenir sans cesse sur cette question. Ce bassin m'irrite, que je vous le dise une fois pour toutes. Oui, il m'irrite à l'extrême. Il est grotesque. Il est énorme. Il prend toute la place. Il dépare ce jardin et constituerait un motif de divorce si je n'étais pas la femme conciliante que Grigor a eu la malencontreuse idée d'épouser. Excusez-moi, Wilbraham, mais je ne peux m'empêcher de me sentir outragée chaque fois que vous me signalez la présence de cet élément vulgaire de mon jardin. Ce bassin m'énerve depuis trente-sept ans que nous habitons cette maison. Je ne veux plus qu'il en soit question, m'entendez-vous ?

Au bout d'un temps glacial, Miss Baldwin remarqua d'un air profondément intrigué :

— Comme la mémoire est un phénomène étrange... Autant je puis me souvenir de Vanessa comme si c'était hier, autant ce que vous dites n'évoque rien dans mon esprit. Je n'ai jamais entendu parler ainsi de ce bassin avant aujourd'hui, madame Wilson.

— Et pourtant, Miss Baldwin, combien de fois a-t-on pu m'entendre pester contre cette horreur !

Ses yeux étaient aussi énormes que son mensonge.

— Oh, fit vivement Miss Baldwin, il est vrai que vous pestiez contre tout...

— Bel éloge !

— ... mais je ne me rappelle pas vous avoir entendu dire quoi que ce soit au sujet de cette... *horreur*.

— C'en est une.

Miss Baldwin s'avança avec d'infinies précautions :

— Pas de cette *horreur-là*, en tout cas.

— Que voulez-vous dire ? murmura Léontyne soudain blafarde.

— Rien.

— Si. Oh si. Vous voulez dire quelque chose. Vous faites une allusion.

— Non, je vous jure. À quoi voudriez-vous que je fasse allusion ?

— Mon Dieu, est-ce que je sais ? À ce piano, par exemple. Son bois était abîmé.

— J'aimais trop ce piano, et je vous l'ai dit souvent.

— Il y a tant d'objets dans cette maison. Certaines pièces de collection peuvent passer pour des horreurs, j'en conviens. Quelque chose vous aurait-il frappée tout à l'heure ? Quelque chose qui vous aurait rappelé ce jour pénible ?

— Le jour de l'accident ? Peut-être. Je ne sais trop. Oh, excusez-moi ! Voilà que sans le vouloir, j'essaie encore de me remémorer un jour qui n'a jamais existé. Et pourtant, telle que vous me voyez, je suis le résultat vivant et rapiécé de cette épouvantable journée.

Miss Baldwin frissonna. Elle ajouta dans un souffle :

— Et ceci nous prouve avec une brutalité excessive que nul n'est maître dans des domaines qui lui sont étrangers.

Nous la regardâmes interloqués.

— Que signifie cette phrase singulière ? demanda Léontyne.

— Un dicton que je m'efforce de mettre en pratique tant l'imprudence m'a coûté cher ce jour-là.

Elle fit une pause où je pus observer à la dérobée une expression d'inquiétude profonde dans les yeux de Léontyne. Miss Baldwin reprit tout bas :

— Souvenez-vous du docteur Coxcroft, madame Wilson.

— Le docteur Coxcroft ? Vous le connaissez ?

— Il venait quelquefois à la maison.

— Ma parole, vous écoutiez aux portes ? Et qu'est-ce qu'il vient faire là-dedans ?

— Nous avions dû nous croiser ce jour-là, mais je ne saurais l'affirmer car déjà mes souvenirs sont vagues. J'avais sûrement fait allusion à un problème de mécanique sur ma voiture. Ce dont je me souviens très bien, c'est que le docteur Coxcroft m'avait offert d'y jeter un coup d'œil.

— Ah ?

— Souvenez-vous qu'elle ne m'occasionnait que des ennuis.

— Certes, je me rappelle. Grigor vous avait offert de la remplacer.

— Et vous vous y étiez opposée.

— J'avais mes raisons. Mais dites en quoi le docteur Coxcroft...

— ... en ceci, madame Wilson, que le jour de l'accident, il s'était absenté tout de suite après mon arrivée.

— Quel rapport pouvez-vous inventer entre ce fait anodin et votre accident ?

— Aucun, je vous assure. Mais, mon Dieu, comment vous dire...

Je l'encourageai à continuer. Léontyne me toisa avec hostilité.

— Ce jour-là, poursuivit douloureusement Miss Baldwin, j'avais laissé dans ma voiture un cahier de solfège... ou était-ce un cahier de dictée rythmique ?

Léontyne railla :

— Ou vos clés, ou tout simplement votre tête !

— Cette fois-là, je n'y avais certainement pas oublié mes clés, puisqu'en m'approchant de la voiture je m'aperçus que le docteur Coxcroft y était entré. Il m'expliqua gentiment qu'il voulait vérifier la mécanique. Je l'en remerciai et ma foi j'aurais sans doute oublié ce fait si, beaucoup plus tard, en sortant du coma, je n'avais fait le lien... entre...

Elle se blottit dans sa chaise comme au-devant d'une vision d'enfer.

— Comment peut-on être à ce point tendancieuse ! s'écria Léontyne au comble de l'indignation. Ce trait m'étonne de vous, Miss Baldwin. Et pourtant, je vois qu'il vous ressemble.

— Pardonnez-moi. Je vous rapporte un fait, voilà tout. Je me garde bien d'en tirer quelque conclusion. Je n'ai retenu qu'une leçon de cette anecdote.

— Mais vous insinuez que cet ami aurait causé votre accident.

— Oh, bien malgré lui ! fit Miss Baldwin en se tordant d'angoisse.

— Mais vous l'avouez ! Vous avouez que c'est le fond de votre pensée ! Comme si vous n'étiez pas distraite et que cet événement n'avait pu se produire n'importe quel jour ! Sans compter que cette histoire me paraît inventée d'un bout à l'autre. Le docteur Coxcroft ! Un être si dévoué !

— Mais qui n'avait aucune compétence en mécanique.

Je fis intentionnellement la digression :

— C'était un immigrant australien, n'est-ce pas ?

Léontyne s'agita de nouveau :

— Taisez-vous ! Ce n'est pas de cela qu'on parle !

— Je ne voulais rien insinuer du tout, reprit Miss Baldwin. Mais, si je puis vous contredire, madame Wilson, je suis prête à jurer sur la mémoire de votre fille que cet événement a bel et bien eu lieu le jour de l'accident. Car je me souviens que Vanessa était fort ébranlée par...

— Enfin, par quoi ?

— Par la mort de son frère.

Elle aspira par saccades et se mit à fouiller frénétiquement dans son sac. Elle sanglotait :

— Vous comprenez, la maison affluait de reporters, de curieux... tous vos amis du Sénat se relayaient auprès de monsieur Wilson. Et vous juriez du matin au soir contre tout ce brouhaha. Comment l'oublier ? Et Vanessa, mon Dieu...

Je m'approchai d'elle.

— Ça va, Miss Baldwin. Je crois que vous devez faire des efforts pour penser à autre chose. Vous ne devez pas évoquer cette période.

— Pardonnez-moi.

— Vous êtes survoltée, déclara Léontyne. Et je crois aussi que vous feriez mieux de monter à votre chambre.

Miss Baldwin fit oui de la tête, mais demanda, en s'excusant pour la millième fois, qu'on ne s'occupe plus d'elle.

Léontyne avala d'un trait son verre d'alcool. Elle se leva avec maîtrise :

— Écoutez-moi bien, Wilbraham. Je ne sais pas ce que vous êtes venus faire ici, ni vous, ni Miss Baldwin. Mais je vous avertis. J'ai payé cher la paix qui m'est due. Vous n'allez pas me l'enlever. Si c'est Cynthia que vous voulez, vous perdez votre temps et vos énergies. Si c'est ma peau, soyez plus bref.

Je me souvins d'une phrase que j'avais déjà dite pour expliquer les crimes qui dorment en chacun de nous. Je lui répondis malgré moi :

— Je veux dompter le monstre envers et contre lui.

Miss Baldwin demanda :

— Mais de quel monstre parlez-vous ?

— De moi, évidemment, fit Léontyne.

Puis, en nous dévisageant à tour de rôle :

— Absolument ! Vous parlez de moi. N'allez pas chercher midi à quatorze heures, Miss Baldwin. Depuis le début de cette soirée, les creuses réflexions de mon gendre n'ont nul autre objet que moi. J'ai bonne oreille et je vois clair dans ses allusions.

Non, Léontyne n'allait pas capituler aussi vite. Pourvu qu'on lui permette d'énoncer deux idées d'affilée, elle reprenait le dessus, de manière animale, faisant chatoyer de la haine dans ses yeux vifs. Elle aurait eu raison d'une louve. Elle allait peut-être avoir raison de nous. Mais je ne voulais pas douter de Miss Baldwin et de moi-même. À la vitesse où nous allions, trop de doutes auraient été dommageables. Après les trios et les quatuors à cordes, il était temps que nous passions au quintette à vent. Je m'approchai de l'intercom et levai l'interrupteur pour donner le signal :

— Vous devriez monter vous reposer, Miss Baldwin.

Presque aussitôt, Grigor et le soldat Knabe reparurent au jardin.

Extrait du cahier bleu

On apprit donc l'existence de ce fils lorsqu'il mourut. Mais tous, devant l'incongruité d'une pareille ignorance, firent semblant de savoir depuis longtemps que les Wilson avaient un fils. Un garçon inscrit en première année de droit dans un collège d'Angleterre. Il se trouva même des gens pour pleurer Peter comme on pleure des célébrités. Le réseau d'État fut blâmé de ne pas avoir au moins diffusé un extrait de ses funérailles. Les magazines réclamèrent sa photo. On fit faire son portrait officiel à partir d'un trucage. Trois photographies réunies — les yeux de l'un, le nez de l'autre et la bouche d'un troisième — créèrent un visage plutôt fade aux dires de certains. Cependant, tous furent d'accord pour admettre que l'enfant ressemblait davantage à son père qu'à sa mère.

Grigor réussit l'exploit en huit jours. Mais au fil des ans, à force d'y repenser, il dut écourter dans son esprit le temps réel de ce labeur, pour se convaincre peut-être qu'il avait fignolé un fils à son image en moins de temps qu'il n'en eût fallu à Dieu le Père pour créer Adam. D'ailleurs, en supposant que la chose fût à refaire, il lui eût été possible d'épargner quarante-huit heures sur la question du passeport en appelant directement un ami du président plutôt qu'en se rendant à Washington.

Il fut enterré là-bas, près de ce collège où il avait brillé pendant son adolescence. Ses professeurs, tous plus affligés les uns que les autres, se cotisèrent pour qu'un monument soit érigé en mémoire du bon exemple qu'il avait toujours donné. C'est du moins ce que voulaient les rumeurs. D'autres bruits, peu élogieux, fusèrent dans les milieux rivaux voulant que les parents aient été chiches de ne pas rapatrier le corps. De son côté, Léontyne entreprit son deuil en racontant à qui voulait l'entendre que le nom de Peter figurerait dans le *Who's who?* pour son intelligence supérieure et sa beauté phénoménale. Elle en fit une légende, ni plus ni moins. Ce discours tapageur passa d'abord pour une complainte douloureuse, puis il fut reçu avec une certaine perplexité tant il semblait extravagant qu'un être tenu si longtemps en réclusion ait pu avoir de si prestigieuses qualités. Mais Léontyne répandit le ouï-dire de façon à ce qu'on crût qu'il vienne d'outre-mer.

En fait, Grigor et quelques amis de la famille durent tempérer cette encombrante rumeur. On commençait à trop connaître Peter et les parlementaires étaient sans doute d'avis qu'un mystère au lieu de cet enfant risquait de naître et de croître. Offusquée, Léontyne se tut. Là encore, quelques Républicains durent noter cet excès soudain de discrétion. Mais ce n'était que le début d'une période cyclothymique qui allait durer jusqu'à ce jour pluvieux d'avril où Léontyne convoqua ses ennemies du Sénat à un déjeuner grandiose, sous le prétexte d'une quelconque réconciliation. Ces dames vinrent toutes plus extraordinairement parées les unes que les autres, mais quel ne fut leur étonnement de se faire accueillir par une hôtesse étriquée dans une vieille jupe noire et un chandail de jersey, noir également, démaillé et agrandi à la taille ! Sans façon, elle fit passer ses invitées dans la salle à manger où une surprise plus inouïe encore les attendait : au lieu d'une table dressée pour le prétendu déjeuner, Léontyne avait disposé tous les effets ayant appartenu à Peter, depuis sa première chaussette jusqu'à son dernier bulletin de notes. Rien n'avait été omis, et l'on put même savoir quels avaient été les passages préférés de l'enfant dans ses albums exposés, ouverts aux pages les plus émouvantes. L'accumulation de tous ces objets créaient un fourbi qu'on n'aurait cru possible que dans une vente à la criée. Il n'y manquait que le prix des billes, des pistolets à eau et des oursons de peluche. Mais à une dame qui en fit outrageusement la remarque, Léontyne répondit qu'il ne manquait qu'un cadavre sur la table. Lorsque Grigor parut sur le seuil de la salle à manger et qu'il aperçut le capharnaüm, il faillit s'écrouler. Léontyne l'apostropha avec un mépris qu'il ne lui connaissait pas encore :

— Peter était aussi mon enfant, Grigor, et admire à ton tour le mal que je me suis donné pour le prouver.

— ... car un État-Major peut difficilement s'interposer entre un premier ministre et son adjoint, dit Grigor au soldat.

Léontyne traversa le jardin comme un grand oiseau fatigué.

— Ah, que la politique m'épuise !

Grigor en avait oublié ses soupçons :

— Si tu savais tous les titres que l'Angleterre va me décerner, Léontyne !

— Certes, dit le soldat, d'après les notes que nous avons récoltées sur votre passé, votre trajectoire est admirée de tous.

— Tu entends, Léontyne ?

— J'entends. Et je suppose que votre mission est accomplie, lieutenant Knabe ?

— Oui. Ce fut un plaisir. La vaste expérience de votre mari en politique fait que les technicités les plus ardues deviennent des jeux d'enfants. J'avais d'ailleurs pressenti que ce serait un plaisir dès qu'on m'a informée des intentions du Ministère. Pour ne rien vous cacher, un collègue devait faire le voyage, mais j'ai insisté pour que ce soit moi.

— Nous vous en sommes reconnaissants.

— Ainsi, dis-je, il s'en est fallu de peu que nous ne vous rencontrions jamais ? Quelle chance nous avons eue !

— Notre gendre égal à lui-même, persifla Léontyne. Cela commence par des politesses ambiguës, et gare aux conclusions !

Le soldat Knabe m'adressa un sourire courtois :

— Pour répondre à votre question, c'est un subalterne qui aurait dû jouer les émissaires. Mais, je ne sais trop comment vous dire, une raison beaucoup plus personnelle que le goût du prestige m'a incitée à traverser l'océan. En réalité, je ne suis pas venue simplement à titre de soldat.

— Peu importe, déclara Léontyne en se pavanant. Nous sommes équipés pour tous les protocoles. Tu te souviens, Grigor, qu'au cours de ton premier mandat, en 1957, nous avons reçu la reine mère ?

— Vous m'avez mal comprise, madame Wilson. Je vous parle à titre personnel. La curiosité m'a poussée à vous rendre visite en tant qu'amie. Mais cela, monsieur Wilson ne peut pas le soupçonner.

Grigor répéta :

— En tant qu'amie, lieutenant ?

— Oui. Euh... Mais je crains qu'en vous dévoilant la vérité je ne réveille de douloureux souvenirs.

— Avec quelle adresse vous piquez notre curiosité ! s'exclama Léontyne en commençant un rire qui alla de saccades discrètes jusqu'à un grand éclat provocant.

Le soldat attendit que le silence se rétablisse.

— À Eton, il y a plusieurs années, j'ai connu votre fils Peter.

Miss Baldwin étouffa un cri et son verre en tombant alla se briser contre le rebord du bassin. Elle se confondit en excuses.

— Comme vous êtes maladroite, Miss Baldwin !

Simultanément, Grigor porta une main à son cœur :

— Tu as entendu, Léontyne ?

— Oui, j'ai entendu.

Mais Léontyne semblait plus préoccupée par l'air effaré de Miss Baldwin :

— Faites donc attention ! Et puis quelle tête vous avez !

J'intervins auprès du soldat :

— J'ai peur, lieutenant, qu'après toutes ces années qui se sont écoulées, une pareille révélation ne suscite, comme vous dites, de mauvais souvenirs.

— Aucunement ! répliqua Léontyne. Peter est mort il y a vingt ans, et notre chagrin, bien qu'il ait été cuisant, s'est pour ainsi dire transformé en sérénité au fil des années.

— Mais Léontyne...

— Quoi ?

— La chose...

— Eh bien ?

— ... est impossible !

— Et pourquoi la chose est impossible ? Peter était en âge de fréquenter de jeunes filles, fussent-elles de futurs soldats. Et j'étais, moi, dans certains secrets que les fils ne disent qu'à leur mère.

Grigor s'adressa au soldat dans une supplication :

— Vous êtes bien sûre qu'il ne s'agissait pas d'un jeune homme qui portait le même nom, et dont le père, peut-être, occupait un poste semblable au mien ?

— Mais j'ai des papiers, dit le soldat. Et j'ai conservé ses souvenirs. Ce numéro civil, regardez... J'ai même ici sa signature.

Léontyne s'empara des papiers du soldat et, de morte qu'elle fut en les parcourant, se ranima d'un rire bref:

— Comme vous dites. Sa signature. Est-ce donc si étrange, Grigor ? Mais qu'as-tu ? Tu vois bien que cette femme dit vrai. Ce numéro civil est bien celui de Peter. Pourquoi les numéros civils existent-ils, sinon pour tamiser les doutes ? Reviens de ta surprise et dis-toi que la vie n'est pas faite que d'insondables mystères. Pareils sursauts m'étonneraient moins de notre gendre qui, lui, passe son temps à créer des obscurités.

— Je n'ai rien dit, madame Wilson.

— Mon cher, je ne voudrais pas être dans votre tête, qui me semble aussi paradoxale que celle d'un sphinx.

— Il faut excuser ma femme, dit Grigor au soldat. C'est une lunatique. Ces emportements sont tributaires d'un différend qui dure depuis toujours entre elle et notre gendre.

Léontyne s'avança à son tour vers le soldat Knabe :

— La chose est surprenante, voilà tout. Je n'aime pas que nous soyons tous ici à nous tirailler dans les ténèbres. Voici, madame le soldat, ces papiers qui vous appartiennent. Ils rendent compte des faits extraordinaires de la vie. Mais ils ne nous concernent pas.

Elle ajouta en se tournant vers son mari :

— Tu vois, Grigor, cette femme aurait connu Peter. Tout est possible, et j'aurais voulu la croire. Mais comme toujours, c'est toi qui as raison. Cette signature n'est pas la sienne. Il faut nous garder d'ajouter foi à tout ce qu'on prétend et de prendre pour une certitude ce qui n'est qu'une apparence. Je m'excuse de vous contredire, lieutenant, mais ce jeune homme n'était pas mon fils. Si vous voulez m'attendre une minute, je vais aller vous en chercher la preuve. Suis-moi, Grigor.

— Te suivre ?

— Il faut que j'aille ouvrir ce coffre dont toi seul connais le code.

Il était pourtant impensable que quelqu'un sache quelque chose que Léontyne ignorât.

— La correspondance de mon fils se trouve avec les papiers de l'État, expliqua-t-elle. Seuls mon mari et le Pentagone connaissent la combinaison de ce coffre.

Ils nous laissèrent donc dans le jardin, où nous eûmes presque honte de nous découvrir aussi indésirables, tous les trois placés face à face. Le voyant rouge s'alluma, s'éteignit, pour se mettre à clignoter jusqu'à la fin de notre échange :

— Bravo, Miss Baldwin, dit le soldat d'un ton sévère. À force de multiplier vos gaffes, notre entreprise est en train d'échouer.

— Je sais, balbutia-t-elle. Excusez-moi. Mais cette femme me terrifie. Elle est pire qu'il y a vingt ans.

— Il ne faudrait pas que vous nous laissiez tomber, dis-je.

— Je n'en finis plus de commettre des gaffes, c'est vrai. Depuis que je suis arrivée ! Je me suis empêtrée dès le début avec le nom de Cynthia, et...

— Deux semaines, Miss Baldwin ! Deux semaines que nous répétons dix-huit heures par jour ! Avec toutes les variantes possibles ! Et ces *Scènes d'enfants* ? Quand donc allez-vous les jouer ?

Simultanément à notre trio, il se chuchota dans la bibliothèque le dialogue suivant :

— Tu ne tiens pas plus que ça à notre petite-fille, Grigor ? Tu sais bien que si nous la perdons, tout sera de ta faute.

— Je sais, mais...

— C'est Vanessa, j'en suis sûre. Elle a parlé avant de mourir.

— C'est impossible, Léontyne.

— Tais-toi. Tout est possible. Souviens-toi : les parlementaires allaient arriver d'une minute à l'autre et tu ne cessais pas de le crier.

— Quel sens pouvait-elle prêter à ces paroles ?

— Hé ! Tu le demanderas à la morte ! Il me semblait que tu avais identifié son cadavre toi-même ! Il me semblait que tu avais vu ses membres arrachés de son corps ?

— Je te jure que le docteur Coxcroft...

— Ah, lâches que vous êtes !

— Et les journaux, souviens-toi !

— Je me fiche pas mal des journaux ! Retourne au jardin. Va leur dire que je m'en viens avec des preuves.

— Où vas-tu ?

— Je m'en vais faire ce que je fais depuis vingt ans. Je m'en vais à l'étage pour sauver notre peau.

Nous en étions à parler du rôle de la musique dans le romantisme lorsque Grigor, plus mort que vif, nous rejoignit au jardin.

— Et pourquoi, Miss Baldwin, dit le soldat, ne joueriez-vous pas quelque chose ?

— Oh, je crains d'être un peu rouillée, dit-elle avec modestie.

— Cela n'a pas d'importance. Je ne vaux rien dans ce domaine. J'ai un profond respect pour la musique, sans pour autant en connaître les fondements. Je ne saurais juger les interprètes.

— Malheureusement, c'est un domaine où moi, je ne peux pas me fier aux apparences. Et je serais malheureuse de passer pour médiocre aux oreilles de monsieur Wilbraham.

— Je vous en prie, Miss Baldwin. Venez me jouer quelque chose. Tenez, vous allez m'interpréter ces morceaux injouables de Liszt.

Elle poussa un cri :

— Vous me demandez l'impossible, si vous saviez !

— Alors, jouez-moi quelque chose de plus simple. Connaissez-vous les *Scènes d'enfants* ?

— Là encore, vous me parlez d'une pièce horriblement difficile à exécuter. Et je ne pourrais pas, même devant quelqu'un qui prétend connaître superficiellement la musique, les jouer sans commettre d'erreurs.

— Mais j'ai toujours pensé qu'elles avaient été conçues à l'intention des enfants ?

— Pour être *entendues* des enfants. C'est toute la nuance. Encore que Schumann les a écrites pour sa femme.

— Mais n'avez-vous pas enseigné ces *Scènes d'enfants* à Vanessa quand elle avait huit ans ?

Miss Baldwin se mordilla les lèvres avant de répondre :

— Il y a longtemps, oui. Et je n'avais probablement pas la maturité nécessaire pour comprendre leur extrême difficulté d'*interprétation.*

Elle donna un poids presque démesuré à ce dernier mot. Nous vîmes au même instant le voyant rouge s'allumer dans le jardin. Le soldat Knabe demanda à Miss Baldwin d'une voix exagérément douce :

— Je vous le demande. Faites-le pour moi. Montez à la salle de musique et jouez-nous les *Scènes d'enfants*.

Elle murmura comme une prière :

— Mais après, vous allez me le pardonner, n'est-ce pas ?

— Allez, Miss Baldwin, dis-je en désignant la salle de musique.

Nous aperçûmes la silhouette de Léontyne en contre-jour dans la fenêtre. Elle nous considéra tous, se boucha les oreilles et, en se renversant vers l'arrière, se donna tout entière à un cri qui nous fit croire qu'elle allait basculer dans l'au-delà. On sut toutefois qu'elle allait encore rester vivante parmi nous, à cause d'un fait encore plus secret que le reste — nous le savions plus ou moins — mais qu'elle seule était en mesure de révéler. Elle quitta la fenêtre comme une somnambule pour retourner se poster à l'intercom.

Extrait du cahier bleu

Ce 3 novembre 1964, vers huit heures et demie du soir, il y eut un second dialogue entre Grigor et Léontyne. La scène débuta dans le calme mais devait se terminer dans l'épouvante.

Grigor dit :

— Je viens de recevoir un télégramme du premier conseiller du président Johnson. Il me félicite pour ma victoire.

— Oui, répondit Léontyne dans la sérénité. Et je te félicite aussi, car je t'aime, Grigor.

On entendait toujours le même passage des *Scènes d'enfants*. Chaque fois que Vanessa faisait une fausse note, Miss Baldwin lui faisait reprendre la pièce depuis le début.

— Mais ce deuil qui nous afflige, Grigor ? Qu'allons-nous faire à présent ?

Grigor chuchota :

— Oui. Il faut que nous agissions vite. Les parlementaires vont arriver d'une minute à l'autre.

— Lentement, Grigor. Nous devons agir avec grâce et autorité.

— Oui. Avec grâce et autorité.

L'intonation de la voix de Miss Baldwin s'accordait au murmure des époux :

— Allons, allons ! Schumann a écrit : *pianissimo.*

— Il va de soi que tu n'en parles à personne, n'est-ce pas ?

— Non, Grigor. Mais as-tu songé que, quel que soit le jour où l'on annonce son décès, il se trouvera des espions pour découvrir qu'il est mort aujourd'hui, jour d'élections ? Et tout le monde apprendra que... durant le banquet...

— Écoute-moi bien, dit Grigor dévoré d'angoisse. Il faut que cette affaire soit enrobée de mystère.

— Je ne suis pas d'accord avec toi. Nous devons au contraire annoncer les choses d'une façon naturelle.

— Deviens-tu folle ? Comment veux-tu que notre fils soit né, ait vécu et soit mort de façon naturelle ? Il y a seize ans que nous envisageons la chose sous tous ses aspects, et tu sais mieux que moi qu'aucun de ces aspects n'est naturel.

Ce fut là sans doute que Léontyne sentit pour la première fois que deux cerveaux lui seraient utiles.

— Dix jours, Grigor ? Dix jours ? Mais nous ne pouvons pas garder ce corps pendant dix jours. Il ne va pas se conserver indéfiniment.

Grigor voulut répondre, mais il sentit une faiblesse au cœur. Il n'en dit rien toutefois, croyant peut-être qu'il s'agissait-là d'un effet secondaire de la peur. Les époux se séparèrent à ce stade de l'escalier. Lui descendit pour aller respirer l'air tiède du dehors, et elle monta en direction de la chambre — ou était-ce un placard ? — tandis que grondait toujours un peu plus fort la voix, discordante, de Miss Baldwin.

Le voyant rouge s'alluma. La voix de Léontyne nous parvint d'un autre lieu et d'une autre époque.

— On n'entendait que les *Scènes d'enfants* dans cette maison. Et que la voix de cette femme. Je ne sais pas si vous êtes morte ou si vous êtes vivante, Miss Baldwin. Je ne sais pas. Je ne sais pas si je suis morte. Mais quel que soit le monde où nous nous trouvons, écoutez-moi, car c'est à vous que je m'adresse. Je vais vous dire pourquoi je vous ai tuée le 9 novembre 1964. Je vous ai tuée, avec l'aide de mon époux et du docteur Coxcroft, parce que vous avez insinué un jour qu'un défaut congénital faisait de mes enfants des êtres dénaturés. Vous n'aviez pas le droit de dire cela de ma fille. Pour une femme qui étiez censée l'aimer ! Vous méritiez l'enfer pour avoir dit une semblable méchanceté, Miss Baldwin.

Miss Baldwin s'écroula lentement contre le rebord du bassin. La voix de Léontyne poursuivit :

— On n'entendait que les *Scènes d'enfants*. Et que la voix de cette sorcière. Mais personne n'avait jamais pu entendre Peter. Cet enfant ne parlait pas. Il ne parlait pas, n'entendait pas, ne voyait pas, ne bougeait pas. J'avais mis au monde l'horreur. Je ne sais pas ce que vous pensez de la mort de mon fils. De la mort de ma fille, on dit : «Elle était folle.» Mais Vanessa n'était pas si folle. J'avais su le risque encouru en la mettant au monde huit années après avoir engendré le monstre. Mais qu'importe : je rêvais qu'un génie sorte de moi-même. Je méritais cette récompense de la vie. Elle devait être ce que je n'avais jamais été : l'humilité, la totalité et le don. Elle allait incarner dans la réalité ce que Peter, à cause de ses infirmités, ne nous permettait même pas d'espérer au niveau du rêve. Je rêvais tellement qu'un génie sorte de moi-même que j'étais prête à loger deux monstres dans ma maison. Elle était assez grande pour qu'on puisse y aménager un autre placard. Et pendant les neuf mois où j'ai été enceinte de Vanessa, alors que je m'attendais au pire, il m'est arrivé de calmer mes craintes en trouvant quelques avantages à ce qu'un autre phénomène sorte de mes entrailles. La vie du premier s'en fût trouvée peuplée. Et la corvée quotidienne n'allait pas être dédoublée pour autant. Voilà dans quelles perspectives imaginées par une mère saine d'esprit apparemment, cette mère mit au monde une fille. Elle naquit, oui, déjà si vivante en comparaison de son frère, que je ne pus m'empêcher de nourrir pour Vanessa des projets d'existence plus ambitieux que la plus ambitieuse des reines l'aurait fait. En lui donnant le jour, je devins moi-même le monstre. Un monstre de tendresse.

Quant à Peter, Miss Baldwin savait qu'il existait quelque chose de vaguement vivant dans cette chambre — ou dans ce placard, tout dépend du point de vue — pour m'y avoir surprise un jour qu'elle était remontée prendre ses clés. J'avais été prompte dans ma réaction. Elle ne devait pas se rendre au bout du corridor pour retourner à la salle de musique. Et je vis bien, en la traitant d'indiscrète, que je venais de lui faire un aveu. Mais comment pouvais-je la congédier ? Ah, mon Dieu qu'elle m'a terrorisée le jour où je l'ai entendue demander à Vanessa s'il existait d'autres chambres où nous entreposions nos légumes. Voilà ce qu'était Peter. Un être sans défense et sans intelligence qui végétait à l'étage, un légume parmi les légumes.

Vous pensez, n'est-ce pas, que j'ai tué Peter ? Ce que vous pensez est faux. Je n'ai pas tué Peter. Mais Dieu sait si j'en aurais été capable ! Pas un seul jour de son existence ne s'est écoulé sans que je résiste à la tentation de lui enlever... la vie ? Au fait, comment peut-on enlever la vie à quelqu'un qui ne l'a pas ? Pendant seize années, jour après jour, j'ai enduré ce fardeau qui n'était ni un être ni une chose — à ses côtés les légumes semblaient plus vivants que lui — mais qui n'était pas rien non plus. Au fond, Peter était tout. Tout ce qu'il y a de monstrueux... Soyons plus simples : tout ce qu'il y a de Laid. Est-ce que vous pouvez comprendre, Miss Baldwin ? La Laideur. La Laideur à son paroxysme. La Laideur absolue, toute contenue dans sa puissance à travers les traits d'un enfant. Il n'avait pas de menton, et ses yeux nous regardaient tantôt comme ceux d'un poisson, tantôt comme ceux d'un moribond de quatre-vingt-dix ans. Ah, je vous le dis ! J'ai failli croire en Dieu une seule fois. Ce jour où je me suis penchée sur ce corps et que j'ai vu... que j'ai compris... Ma foi, il était un peu moins laid dans la mort. Et j'ai ressenti quelque chose d'indéfinissable, une chose inconnue, aussi intense que sa laideur avait été suprême... oui, je crois avoir vécu en voyant son cadavre cette chose extrême qu'on nomme le bonheur.

MAIS LES PARLEMENTAIRES ALLAIENT ARRIVER D'UNE MINUTE À L'AUTRE !...

(Ce gémissement fit un crescendo si dense qu'il y eut une réverbération de fréquence dans le haut-parleur.)

Alors il a fallu nous presser. Vite, il a fallu réfléchir. Cet enfant portait un numéro civil puisqu'il était né seize ans plus tôt. Nous n'étions pas encore si connus à l'époque; nous avions dit à nos parents et amis que l'enfant était mort né et nous avions espacé nos fréquentations pour que nos intimes d'alors ne sachent jamais combien d'enfants nous avions pu avoir par la suite. Mais légalement parlant, le docteur Coxcroft n'avait pas eu l'intelligence de taire cette naissance et il existait une chance sur mille que quelqu'un, un jour, découvre l'existence d'un fils aîné chez les Wilson. Pour un faible comme Grigor, le risque était cependant trop grand ! Surtout en ce jour où il venait d'être élu gouverneur. Les parlementaires, invités au banquet, allaient arriver d'une minute à l'autre et un cadavre gisait dans la demeure. Nous aurions, grâce à mon silence, festoyé toute la nuit en compagnie de ce cadavre. Seule à le savoir là-haut, aurais-je supporté cette présence au milieu des parlementaires et de leurs épouses distinguées ? Je sais que Grigor, lui, à supposer qu'il eût été le seul à savoir que Peter n'était plus qu'un cadavre, n'aurait pas eu de scrupules à reporter le deuil au lendemain, afin de jouir puissamment de sa victoire. Mais j'ai commis le crime de le dire. Et bien que nous ne fussions que deux à connaître ce fait disgracieux, dès lors la conscience en était informée. Même entourés de la multitude, nous n'aurions entendu que son appel entre les rires et nous n'aurions vu que sa silhouette entre les apparats.

Grigor. Mon mari. Toi, Grigor. Puissance nommée Grigor, m'entends-tu ? Écoute la voix de ton épouse dans la nuit. Il y a vingt ans, je t'ai peut-être aimé, Grigor. Dans mon infernale volonté de vivre, j'avais, contre un fils légume, le plus envié des époux. T'aimais-je ? Comment aurais-je supporté la vie sinon ? Mais ce soir-là, ce fils, ce fardeau âgé de seize ans, n'était déjà plus qu'un souvenir pour moi. Folle de soulagement, libre enfin, et première dame de l'État : voilà les sentiments qui m'animaient tandis que je contemplais mon enfant mort, mais déjà un peu moins mort depuis qu'il avait cessé de vivre.

Invisible dans l'obscurité, Miss Baldwin lâcha un cri :

— Mon Dieu ! Faites qu'elle se taise !

— Me taire ? Quoi ? Vous avez l'impertinence de me demander de me taire ? Mais, Miss Baldwin, il fallait prendre des précautions pour que je me taise. Croyez-vous que je vais me taire sans vous administrer votre pénitence ? Ma foi, vous êtes moins curieuse que vous ne l'aviez été ce soir-là ! Et vous, mon cher gendre, vous ne pensez tout de même pas que vous allez me reprendre l'enfant de Vanessa sans entendre le reste ? Préparez-vous, je m'en viens avec le pire.

Léontyne nous fit endurer une très longue pause, à ce point insupportable qu'on se demanda si elle consentirait à dire le reste.

— Ce soir-là du 3 novembre 1964, recommença-t-elle de sa voix toujours aussi neutre, dans le grand escalier de notre demeure, je vis combien la puissance de mon époux était menacée. Ma gloire elle-même chancelait, qui reposait sur le vide. Grigor descendit au jardin. Moi je montai, avec prudence, comme si, en prenant consience d'habiter un château de cartes, le moindre de mes déplacements allait faire s'écrouler toute ma vie. Là-haut, je me retrouvai face au cadavre de Peter. Il gisait au centre du monde dans cette pièce où, pour moi, aboutissait le monde. Je dus, pour l'invraisemblance de la chose, murmurer une prière en direction du plafond. J'éteignis l'ampoule. Tant mieux si Dieu voyait tout; je n'étais, quant à moi, que Léontyne. Je m'emparai du cadavre enveloppé dans ses draps. Mon fils était plus lourd que je ne l'aurais cru, et j'eus peur de ne pouvoir traverser le corridor sans m'arrêter à chaque pas pour retrouver mes forces. J'entrepris la descente de l'escalier de service au grand risque d'être vue par les traiteurs ou les cuisiniers.

Grigor me vit dans l'entrée du jardin. Je crus qu'il allait s'effondrer. Je lui criai que ce n'était pas le temps de mourir et qu'il convenait plutôt d'enterrer Peter.

— Deviens-tu folle, Léontyne ?

— Oui je deviens folle, et n'évoque pas mon trouble. Je m'en viens mettre en terre notre enfant et sortir de moi-même ce démon qui m'agite. Je compte aussi mettre ce démon en terre.

— Mais les parlementaires vont arriver...

— ... d'une minute à l'autre, je sais. Soyons diligents. Et quel air tu fais ! Nous n'allons pas remonter notre fils ?

— Je t'avais dit d'attendre. Ah, Léontyne ! Tu as juré de me nuire jusqu'à la fin. Jusqu'à ma mort. Tu dis que tu m'aimes mais tu me hais.

— Je t'aime, Grigor, mais nous parlerons d'amour ensuite. Pour l'instant, rien ne peut plus attendre. Moi, vivante, je ne peux plus attendre.

Hypnotisé, je crois, par mon amour lié à l'urgence, il vint, comme un automate, prendre la tête du cadavre. Nous le transportâmes jusqu'au milieu du jardin, au pied de ce bassin où vous êtes, Miss Baldwin. Faites un pas en avant, et un autre pas à droite. Vous marchez dessus. Vous êtes, bien que morte il y a vingt ans, placée sur le corps de mon fils mort peu de jours avant vous.

Glacée d'épouvante, Miss Baldwin laissa sortir une plainte prolongée. Léontyne reprit son lancinant discours, qu'elle semblait avoir mémorisé depuis des siècles :

— L'impossible n'arrive pas à n'importe qui. Et ce n'est pas tous les jours que vous voyez l'homme que vous avez choisi pour époux à la fois dans toute sa gloire, toute sa peur et toute sa faiblesse. Ce soir-là, Grigor, tu avais dû répéter au moins vingt-huit fois, si ce n'est trente, que les parlementraires et caetera.

Le sol était fertile et mou. Je m'en fus chercher une bêche et je revins pour creuser. C'est moi qui me suis salie la première. Grigor se salit à son tour. Nous creusâmes. Quand on creuse la fosse de quelqu'un proche de nous, l'on doit être attentif aux souvenirs. Mais je refusai le souvenir de Peter. M'appliquant à ce refus, je creusai davantage. Jusqu'à ce que ma bêche frappe du roc. Il y a dans notre jardin un grand rocher souterrain. Mais à quoi bon toucher le fond de ces choses, n'est-ce pas, Miss Baldwin ? Pourquoi étirer l'instant le plus réel de ma vie, alors qu'en couvrant de terre le corps de mon enfant j'eus dans la si courte durée de ce bonheur une idée de la paix éternelle ?

Nous n'entendions plus les *Scènes d'enfants*. La leçon était finie, en sorte que plus rien ne devait nous indiquer le temps. Nous étions devenus nous-mêmes ces enfants. Vrai, nous nous étions si éloignés de nos natures d'adultes que nous en avions même oublié les parlementaires ! Au lieu de mijoter ses triomphes, Grigor s'adonna aux pleurs. Et moi, à un grand rire primitif.

Mais en effet, à quoi bon dire tout cela, Miss Baldwin, puisque vous nous avez vus. Oubliant tout, nous avions oublié cette fenêtre, ainsi que ces yeux, les vôtres et ceux de ma fille, qui nous regardaient. Je crus d'abord à des chats. Puis je compris que vous étiez là. Je n'ai pas crié. J'ai dit simplement :

— Grigor, sois calme. Je pense que Miss Baldwin et Vanessa ont tout vu.

Vous étiez là, debout, effroyablement présentes dans le contre-jour de la fenêtre. Vous étiez déjà en train de nous voler ce morceau d'éternité, cette temporalité qui aurait dû nous appartenir, et que vous avez mis vingt ans à m'enlever. Je voudrais, oh, je voudrais que le remords vous tue une seconde fois, Miss Baldwin, pour avoir été aussi distraite et aussi curieuse ce soir-là, et que revenant chercher vos clés dans la salle de musique, vous ayez imposé à ma fille cette scène qui ne lui était pas destinée.

Mon cher gendre.

Inutile, je crois, d'insister sur la haine qui nous lie. Prenez Cynthia. Elle est ici, près de moi, dans cette salle de musique, à la fenêtre, qui vous regarde. Montez. Venez vous en emparer. Moi je me consolerai. Après tout, il a fallu que vous alliez jusqu'au sommet de la méchanceté pour réussir à me l'enlever. Mais nous allons tous mourir. Et ceci vivra après nous.

La lumière rouge s'éteignit. Ainsi Léontyne avait-elle dû quitter des yeux le microphone, lever la tête et regarder Dieu. Et la rupture de contact nous signala que cette femme allait sans doute finir la soirée en nous ignorant, si le soldat Knabe ne s'était écrié brusquement :

— Madame Wilson ! Vite, je crois que vous devriez appeler une ambulance !

Le voyant rouge se ralluma :

— Non. Depuis trop longtemps mon mari n'avait plus que cette idée en tête. Il croit me punir ainsi. Mais au fond, il ne fait que m'inviter à ce monde inconnu que je fréquente déjà. Moi aussi j'ai cessé de vivre. Et qui trouve là sa perte ? Sûrement pas moi ! Ma foi, c'est L'État...

Betty Kossmut referma le manuscrit. Le soir tombait sur la ville inondée de ses toits rouges. Elle dit, en regardant plus loin que l'horizon :

— Et vous tuez le mari !

— Comment voudriez-vous qu'il supporte cet aveu de sa femme ?

— Qu'il fasse un homme de lui ! Vous les prenez donc tous pour de la cire ?

—Je me suis laissé prendre. J'ai maintenant plus de sympathie pour Grigor. Mais pas au point de regretter qu'il meure. Une soirée aussi dense est trop pour lui. La logique, Miss Baldwin !

— Oui, soupira-t-elle, je ne suis que Miss Baldwin. Et vous essayez de me faire croire que c'est le rôle principal ? Voyez un peu le texte de Léontyne ! Promettez-moi qu'un jour la pièce sera jouée publiquement et que je tiendrai ce rôle. Je vous réserve une fin inoubliable.

— En attendant, vous devez jouer Miss Baldwin, et vous le ferez aussi brillamment que Léontyne.

— Pas encore. Il faut que le syndicat approuve ce contrat.

—Quoi ? dis-je. Vous n'allez pas leur raconter dans le menu détail l'histoire de cette pièce ?

— Le syndicat s'occupe de mes affaires, pas des vôtres. Pour revenir au texte, monsieur Wilbraham, vous êtes sûr, absolument sûr, que ces gens vont jouer et vont dire tout ce qu'il y a d'écrit là-dedans ?

— Que pourraient-ils dire et faire d'autre ?

— Mais des millions de choses ! On ne règle pas l'avenir comme une minuterie.

— L'avenir ? Mais tout se rapporte au passé dans cette pièce. Vous l'avez dit vous-même : elle est écrite au passé. C'était plus fort que moi. Comme si cette soirée avait déjà eu lieu, de même que les épisodes du cahier bleu ont eu lieu. Le passé des Wilson est si énorme qu'il déborde des frontières du présent et s'étale dans l'avenir.

— Pourvu que ce soit vous qui placiez les virgules là où bon vous semble ! Et si Léontyne dit que son fils a vécu effectivement en Angleterre ?

— Elle le dit : page 126.

— J'ai peur aussi que cette histoire du docteur Coxcroft ne tienne pas debout. Vous n'avez aucune preuve pour insinuer qu'il m'a assassinée.

— C'est juste. Mais c'est la seule explication logique.

— Pourquoi lui ?

— Parce qu'il doit tout aux Wilson. Cet immigrant australien était entré illégalement aux États-Unis. Quelle chance pour Grigor Wilson d'avoir pu le découvrir après l'accouchement de Léontyne ! Soyez sans crainte : il existe au moins des preuves de cela. En fouillant davantage, vous découvririez que le docteur et le gouverneur ont passé leur vie à se faire chanter mutuellement.

Betty Kossmut haussa les épaules.

— Et si moi, en jouant, je m'écarte de mon texte ?

— Ça aussi, c'est prévu. Vos étourderies sont écrites. Il ne vous reste plus qu'à les apprendre.

— Merci mille fois ! Dites que je ne fais que des bévues ! Belle opinion que vous avez de moi ! Mais détrompez-vous : vos invraisemblances se comptent à la centaine et vous n'êtes, au bout du compte, qu'un auteur comme les autres. Tout le monde sait que je suis une gaffeuse, cela ne passera pas pour une grande trouvaille. Et je ferai bien mon possible pour qu'on croie à cette morte sortie de son tombeau, mais gare à vous si on me ridiculise !

— Miss Baldwin ! Vous êtes pire que Miss Baldwin !

— Un autre détail auquel vous n'avez pas songé.

— Ah oui ? Lequel ?

— S'il pleut ?

— Mais ce n'est pas une pièce, c'est un roman, dit Gila Rogalska. On ne sait trop où commencent les faits et où ils se terminent, car le meilleur et le pire s'entremêlent. Êtes-vous certain de vouloir retrouver votre fille à ce prix ? Et n'y aurait-il pas un moyen plus simple de convaincre Léontyne Wilson de vous la redonner ?

— C'est le moyen le plus simple à mon avis. Voyez-vous, depuis la mort de Vanessa, Léontyne appréhende chaque jour que je lui arrive avec cette histoire, brutalement. Je le sens, et je le vois. Elle s'y prépare. Plus le temps passe, plus je constate qu'elle envisage cette éventualité. Mais il y a quelque chose chez cette femme de plus grand que la méfiance : la curiosité. Cette lettre, adressée à Grigor, et qu'elle-même va ouvrir, sèmera l'alerte dans son esprit. Mais pour rien au monde elle ne voudra manquer l'arrivée de ce soldat, fût-il écrit déjà que ce soldat a connu son fils en Angleterre.

— Vous n'iriez pas jusque-là ?

— Non, puisque ce n'est pas nécessaire.

— Et à partir de quand, à votre avis, commencera-t-elle à se méfier ?

— Elle se méfie déjà. La lettre ne va qu'accentuer son pressentiment et rendre plus définitif son espoir de se jeter tête première dans le récit de ses actes. Elle aime tout ce qui est glissant. En ce qui nous concerne, je sais qu'à votre arrivée, je veux dire à l'arrivée du soldat Knabe, Léontyne n'aura déjà plus aucun doute sur la machination qu'on lui propose. En fait, dès qu'elle verra une inconnue prétendant s'appeler Miss Baldwin sur son seuil, tout dans sa tête ne sera plus qu'une question de temps. Vous n'aurez jamais connu qu'une Léontyne traquée dans son piège, et profondément heureuse de s'y mesurer.

— Comme une puissance d'elle-même ?

— Une puissance, ou une altération. À toujours vouloir le regarder de plus près, le bonheur lié à la perte de son fils est devenu une seconde vie vers laquelle il lui est de plus en plus impossible d'aller.

— Alors que tous les chemins l'y mènent. Comment fait-elle pour supporter cet enfer ?

— Elle le supporte.

— Oui, dit Gila Rogalska. Et vais-je m'immiscer dans cette souffrance ?

— Elle souffre. Plus que vous ? Plus que moi ? Cela reste à prouver. Nous sommes aussi humains qu'elle, et il n'est pas tellement possible de déterminer si les autres souffrent plus que leur lot. Léontyne a reçu des tourments faits pour elle. Son intelligence animale se serait sans doute offusquée la première d'avoir reçu les angoisses d'une autre, moins grande qu'elle.

— Et Cynthia ? demanda Gila Rogalska. Oserez-vous lui imposer cette vision-là de la vie ?

— Tôt ou tard, il faudra qu'elle sache tout.

— Pas de cette manière. Je prie pour qu'elle aille jouer chez les Schubert.

— Elle ira. Et c'est là que nous irons la chercher ensuite.

— Voilà qui ne concorde pas avec votre pièce. Page 141, Léontyne dit : «Elle est ici, près de moi.»

— Elle ment. Chaque fois qu'il est question de Cynthia, elle ment. C'est une instinctive. Avant de pouvoir se venger dans la paix, elle aura le réflexe de nous rendre aussi coupables qu'elle par ce moyen.

Gila Rogalska insista :

— Mais elle ment à ce point qu'un de ses mensonges doit obligatoirement correspondre à la vérité. J'ai peur que Cynthia soit réellement témoin de tout ce que nous allons dire.

— Comme Vanessa ? C'est impossible. Vous savez bien que Léontyne ne le permettra jamais. Quelque part dans l'un de ses fameux silences, elle sort l'enfant de la pièce. Elle va sans doute l'enfermer dans le seul endroit de la maison où il n'y a pas d'intercom.

— La chambre-placard !

— Ou le bout du monde. En payant pour la folie de Vanessa, Léontyne ne va pas courir une seconde fois le risque de s'endetter de la sorte.

— Vous oubliez qu'elle est capable de tout.

— Y compris de bonté. Elle aime Cynthia. Elle ne lui a jamais fait de mal. Elle ne lui en fera jamais. Ce serait contre sa nature.

Gila Rogalska soupesa le manuscrit, tenant dans ses mains le sort des Wilson et le sien.

— Je veux, dit-elle, jouer ces *Scènes d'enfants* pour elle.

— Pour Léontyne ?

— Non, pour cette amoureuse ! Ces idylles entre les *meadows* et la mer. Et l'incroyable regard. Incroyable... incrédule. Tout ce qu'il voit l'émerveille. Une seconde plus tard, le voilà désinvolte. Cette façon qu'il a de tourner la tête et de regarder ailleurs quand on l'appelle. Un Wilson amélioré, belle figure de la race, et dont l'instinct de liberté rachète tout ce qu'il y a de nocif chez les siens. Vous savez, la première fois, il m'avait abordée sous un faux nom. Mais j'étais si curieuse que je profitai de son absence pour regarder son passeport, son numéro d'état civil, cette preuve de son existence alors qu'il n'était pas dans mon champ de vision.

Elle ramassa ses effets. Puis se tourna vers moi, pour murmurer avec une énorme tristesse :

— Hélas, cette signature n'était pas la sienne.

— Et vous, Gila Rogalska ? Cette autre vous-même qui se cache ?

— Je vous en reparlerai une fois que nous aurons fini de jouer. Mais j'ai confiance. Elle va vivre au grand jour, si Léontyne réussit à me persuader que ce Peter que j'ai aimé n'était pas le bon. Cela voudra dire que j'aurai bien joué mon rôle. C'est ce que je veux de toute mon âme.

La Baie de Cheasapeake s'étalait à l'infini sous un ciel si haut qu'il devait, comme on dit, être clément.

— Vous allez trop vite ! s'écria Gila Rogalska. Nous risquons d'avoir un accident.

— Voyons, fit Betty Kossmut en me lançant des flèches à travers le rétroviseur, vous savez bien que si ce devait être le cas, ce serait écrit !

Elle avait pris place à l'arrière pour réviser une dernière fois son texte. Le matin même, elle m'avait menacé de ne pas jouer le rôle. À présent, elle vivait intensément son trac, n'en finissant plus de se tordre le visage et d'ajuster ses lunettes. Elle répéta vingt fois qu'elle n'était pas prête.

Arrivés à K&Q, nous restâmes de longues minutes immobiles dans la voiture, au bas de la pente. À sept heures moins cinq, Betty Kossmut ouvrit la portière et sortit. Elle tourna sur place afin de capter les vibrations de l'endroit. Nous la vîmes se pencher sur les pierres et toucher cette matière faite de silence et de lumière. Puis elle gravit la pente pour disparaître sous nos yeux.

Miss Baldwin venait de naître.

Elle regarda l'heure sur le seuil de la porte, puis sonna un coup bref. Elle dut attendre encore. Pendant ce délai de quelques secondes — c'était jour de congé pour la bonne — Miss Baldwin dut passer en revue une dernière fois ses existences. Elle crut peut-être, un instant, que les maîtres s'étaient absentés. Mais elle vit bientôt à travers le vitrail la silhouette d'une grande femme svelte qui descendait lui ouvrir.

décembre 1987 — août 1988

Achevé d'imprimer
en novembre 1988 sur les presses
des Ateliers Graphiques Marc Veilleux Inc.
Cap-Saint-Ignace, Qué.